天阳（Mars）—— 著

泸沽湖
腾冲
阳朔兴坪
龙脊梯田

全攻略

# 个人的旅程

九州出版社
JIUZHOUPRESS

**图书在版编目（CIP）数据**

一个人的旅程：泸沽湖、腾冲、阳朔兴坪、龙脊梯
田全攻略 / 天阳著 .—北京：九州出版社，2018.5
　　ISBN 978-7-5108-7219-8

　　Ⅰ . ①一⋯　Ⅱ . ①天⋯　Ⅲ . ①游记—作品集—中国—
当代　Ⅳ . ① I267.4

　　中国版本图书馆 CIP 数据核字（2018）第 124836 号

## 一个人的旅程：泸沽湖、腾冲、阳朔兴坪、龙脊梯田全攻略

| | |
|---|---|
| 作　　者 | 天　阳　著 |
| 出版发行 | 九州出版社 |
| 地　　址 | 北京市西城区阜外大街甲 35 号（100037） |
| 发行电话 | （010）68992190/3/5/6 |
| 网　　址 | www.jiuzhoupress.com |
| 电子信箱 | jiuzhou@jiuzhoupress.com |
| 印　　刷 | 炫彩（天津）印刷有限责任公司 |
| 开　　本 | 710 毫米 ×1000 毫米　16 开 |
| 印　　张 | 22.5 |
| 字　　数 | 300 千字 |
| 版　　次 | 2018 年 7 月第 1 版 |
| 印　　次 | 2018 年 7 月第 1 次印刷 |
| 书　　号 | ISBN 978-7-5108-7219-8 |
| 定　　价 | 89.00 元 |

# 自 序

　　写此书，亦属偶然，只因平日喜好游山玩水，遍走他乡，踏访五岳，尤对祖国西南之自然风光，壮美山河独具情愫。近三载，三抵滇境，二达桂土，旅途虽劳吾心高远，身心俱疲自诩逍遥。一路走来，所闻所见，所逢所感，笔耕不辍，均一一记录在案。如今阅之，昨日趣事跃然纸上，犹若眼前。

　　众多友人荐之，出书以示留念，心动矣。遂付诸行动尔。阳春三月，伏案梳理，编撰泸沽湖、腾冲、阳朔兴坪、龙脊游记四篇，三百余页，并附详细行程攻略，读者可循此路线游览诸地，访名川，揽古迹，抒情怀，必不枉此行。

　　本书另一特色是旅途所见美景，均拍摄视频，并配以当地民乐制作成集（共十二集）。即使读者未曾前往，观此片，亦如身临其境，感同身受，美不胜收。读者可以关注作者微信公众号"诗梦和远方"，观看视频。

　　人生不易，白驹过隙。芸芸众生多半纸醉金迷，抑或混混沌沌一生。当繁华殆尽，芳华消逝，功名、利禄皆乃身外之物，一切皆浮云，留下的唯有隐匿于心灵深处的那段旅程。

　　趁江山安好，你我未老，何不卸下自我，放飞心灵，来一场说走就走的旅行呢？


　　莫负昭华遂人愿，
　　足踏江河我独痴，
　　山川长啸风云变，
　　一片痴心逐梦行。


　　本书编写过程并非一帆风顺，前后曲折唯有自知。游历断断续续，历经三载，一颗初心，矢志不渝。

戊戌年二月初三

# 目　录

# 第二篇  记忆中的那抹金黄 —— 童话小镇腾冲

**腾冲主要景点分布图**

**腾冲行程攻略**

## 第三篇　青山绿水，阳朔兴坪

**漓江主要景点路线图**

**阳朔兴坪行程攻略**

## 第四篇　淳朴的瑶寨壮寨，壮美的龙脊梯田

**龙脊梯田详细路线图**

**龙脊梯田行程攻略**

## 第一篇

美丽的泸沽湖，神秘的女儿国

# 泸沽湖环湖详细路线图

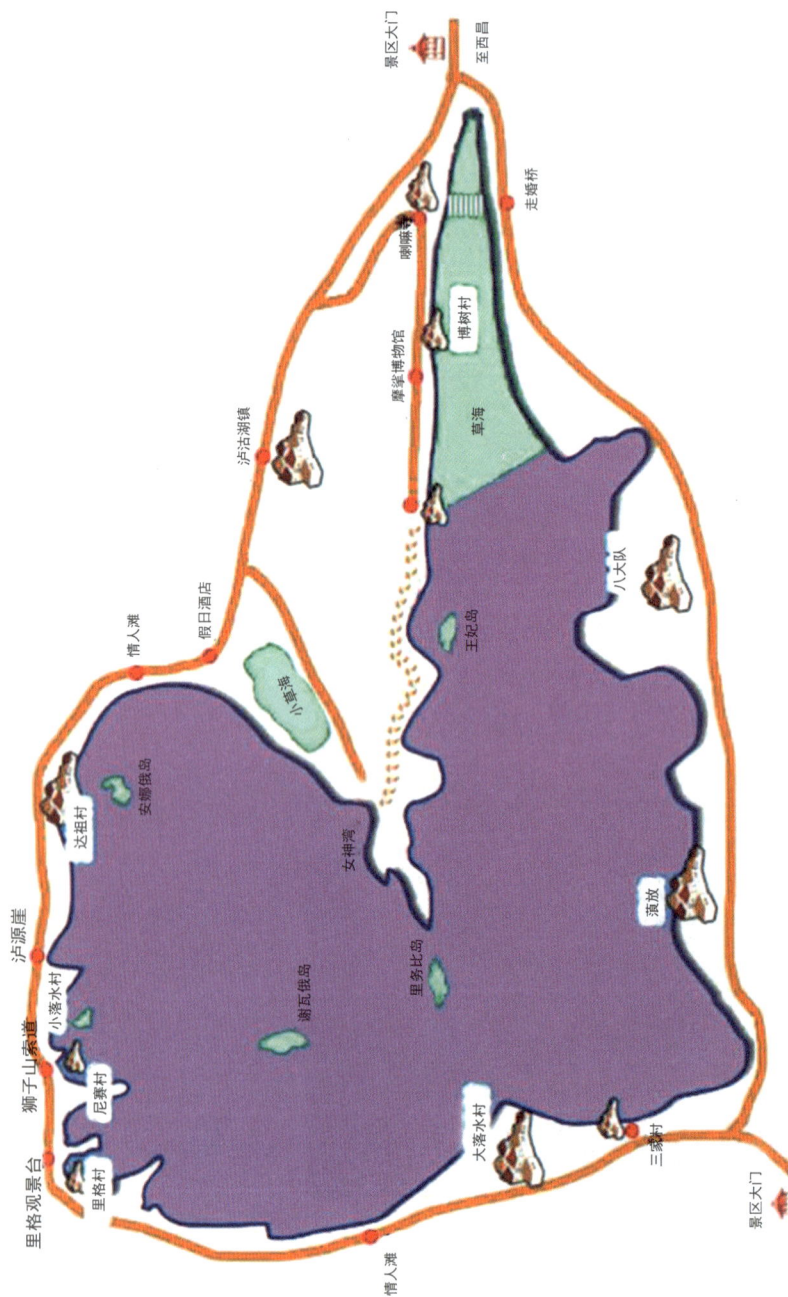

景区大门　　至西昌

走婚桥

喇嘛寺

博树村

摩梭博物馆

草海

泸沽湖镇

八大队

情人滩

假日酒店

王妃岛

小草海

安娜俄岛

达祖村

女神湾

里务比岛

洼放

泸源崖

尼赛村

狮子山索道

泻瓦俄岛

大落水村

里格观景台

小落水村

三家村

里格村

景区大门

情人滩

# 泸沽湖环湖行程攻略

（12 月 1 日至 12 月 6 日）

祥鹏航空 8L9827 昆明长水 11：05—泸沽湖机场 12：15

中午到达，安顿好住处。

## Day 1　12 月 1 日

　　行程：逆时针环湖骑行（14：30-18：30），从三家村租电动车逆时针环湖骑行，一直到草海，再原路骑回三家村

　　景点：草海（15：30-16：00），走婚桥（16：00-17：00），末代王妃府（17：00-17：30），滇放湖畔人家（17：30-18：30）

　　入住：泸沽湖萤火虫度假屋观景客栈

　　地址：泸沽湖吕家湾 17 号

## Day 2　12 月 2 日

　　行程：顺时针环湖骑行（9：00-18：30），上午在三家村租电动车顺时针环湖骑行，晚上骑回三家村

　　景点：吕家湾（7：00-9：00），阿夏幽谷（9：30-11：30），大落水村（12：00-13：30），小鱼坝（13：30-14：30），里格（14：30-16：00），达祖（16：00-17：00），途经走婚桥、草海，一直骑回三家村（17：00-18：30）

　　入住：泸沽湖萤火虫度假屋观景客栈

　　地址：泸沽湖吕家湾 17 号

**Day 3　12月3日**

　　行程：包猪槽船游览王妃岛，登顶狗钻洞山，中午搬家至里格，下午自由行

　　景点：王妃岛（8：00-9：00），狗钻洞山（9：30-11：30），里格半岛（14：30-16：00），里格烧烤店（18：30-20：00），码头火塘酒吧（20：00-21：00）

　　入住：泸沽湖澜庭别苑精品客栈

　　地址：里格码头

**Day 4　12月4日**

　　行程：在里格码头坐船去看日出，上午在里格租电动车顺时针环湖骑行，一直到女神湾，然后原路返回里格村

　　景点：里格看日出（6：00-8：00），尼赛情人树（9：00-10：00），杨二车娜姆家（10：00-12：00），达祖（12：00-14：30），里拜情人滩（14：30-15：30），阿洼古村落（15：30-16：30），女神湾（16：30-17：30）

　　入住：泸沽湖澜庭别苑精品客栈

　　地址：里格码头

**Day 5 12月5日**

行程：在里格村租电动车，骑行至格姆女神山，坐缆车游览格姆女神山；骑行至永宁扎美寺，游览扎美寺；回到里格还电动车，游览里格码头；参观摩梭人家，参加摩梭篝火晚会；搬家至大落水村汉庭酒店

景点：格姆女神山（9：00-11：00），扎美寺（12：00-13：00），里格码头（14：00-16：00），摩梭人家（16：30-18：00），摩梭篝火晚会（18：00-20：30）

入住：汉庭丽江泸沽湖酒店

地址：泸沽湖大落水村

**Day 6 12月6日**

行程：在大落水码头看日出，游览大落水村的摩梭民俗博物馆

（注意：在汉庭酒店有机场大巴，到泸沽湖机场车程约1小时）

景点：大落水码头看日出（6：30-8：00），摩梭民俗博物馆（9：00-10：00）

回程：祥鹏航空8L9828 泸沽湖机场13：30—昆明长水14：40

# 1. 遥远的旅程

　　泸沽湖一直是我心中最向往的地方，好不容易盼到结课，匆匆买了机票，提前又做了些攻略，下决心要来一次女儿国深度游。不为别的，只为那一汪碧蓝的水。此前来丽江时间紧张，一听说从丽江到泸沽湖，大巴车要走七个小时的盘山路才能到达，早已心生怯意，断然否之。

　　如今有机会弥补此遗憾，为时也不晚。飞泸沽湖宁蒗机场的航班只有昆明有，没办法，只得昆明中转，再转丽江。

　　告别了昆明的细雨，搭乘祥鹏航空的空客直飞宁蒗泸沽湖机场。当航班快到达泸沽湖时，竟然在云层上看到了高耸入云的山峰，好神奇！在我的印象里，应该只有珠穆朗玛峰才能直插云霄。只见厚厚的云海之上，犹如雨后春笋般探出了两个青色的笋尖。我这一侧的乘客基本上都看到了这一奇景。我按捺不住心中的激动，观看的同时，手不由自主地在包里偷偷打开了原本关着的手机，猛地掏出连按几张，然后麻利地关机入包，动作之快，一气呵成，生怕被空姐逮到。

　　泸沽湖宁蒗机场建在山顶上，海拔三千多米，降落时感觉飞机没怎么下降就直接落地了。机场很小，只有一个大的候机厅，穿着艳丽服装的摩梭女孩欢迎着大家，让来自天南海北的游客们心里热乎乎的。

　　绝大多数游客都需要乘坐机场大巴前往大落水村或里格村。我订的酒店位置比较偏，在蒗放这边，需要在途中的三家村路口下车。由于机场在山顶上，飞机飞下来容易，开车上下可就没那么简单了。大巴车在蜿蜒崎岖的盘山路上绕来绕去，让已多年没体验过晕车滋味的我再次晕车了。

　　好在时间不长，五十分钟后大巴车抵达三家村。我迫不及待地夺门而出，一刻都不愿在车上待。只有有过晕车经历的人才能体会我此刻的心情。给客栈老板打了电话，没过多久，萤火虫客栈的接送车就来了，一个年轻帅气的小伙很热情地帮我拿行李接我上车，几分钟后到达萤火虫客栈。

## 2. 骑行跨两省

泸沽湖一湖跨两省，湖西位于云南省宁蒗县永宁乡，湖东则地处四川省盐源县泸沽湖镇（原左所区），为川滇两省共辖。环湖一周大约六十公里。

在萤火虫客栈酒足饭饱后，卸下厚重的行囊，轻装上阵，前往今天的既定目的地——草海走婚桥。这家客栈位于泸沽湖南段的蒗放镇，而草海则坐落在泸沽湖的东南角，大约十公里的距离。我采纳了客栈老板租车骑行的建议后，一路向西疾驰而去。

骑电动车对我来讲早已是驾轻就熟了，有之前在大理洱海和广西涠洲岛丰富的骑行经验，我加大马力以五十迈的速度疾驰在这风景如画的环湖公路上。一路上人烟稀少，不时有金黄色的落叶从道路另一侧的杨树上飘落下来，散布在湖边、公路上、田地里，与宛若玉镜的泸沽湖形成鲜明的反差。

不远处早已收割殆尽的田地上只剩下光秃秃的秸秆，愈发彰显出一丝凄凉与冷清。秸秆燃烧后袅袅升起的白色青烟让隆冬时节的泸沽湖畔"秋"意甚浓。忽然，一种莫名的既视感油然而生。是哪里？对，塔川——有着中国最美秋色的塔川美景不也是如此吗？

耳畔呼呼的风声打断了我此刻的遐想，我不禁打了个冷战。特别要交代一下冬季泸沽湖的天气，最低气温在零摄氏度左右。虽然穿着加绒的探路者登山服，但骑行在路上瑟瑟凉风还是会让你心生寒意。我把手缩在袖子里，帽子放下来护住耳朵，心里想着明天一定戴上手套。

就这样骑行不久，便来到川滇友谊桥，我将电动车停在路边，休整一下。旁边一间木质的茅草屋前围坐着五六个摩梭妇女，她们边烤火边交谈着，空气中弥漫着一股香气。我定睛一看，原来火堆中添加了一些如同木屑的碎渣，估计是蚊香之类的东西。我冲她们笑笑，在川滇友谊桥旁拍了几张照片后继续西行。

骑行跨两省

　　一过友谊桥就看到了四川泸沽湖的牌楼，骑过这里即代表进入了四川省。离走婚桥应该不远了，心里有数的我加大马力，一路狂奔。

　　四川部分的环湖公路距离湖边较远，很多路段是看不到湖水的。两侧田野成片，摩梭人的木质房屋错落有致。此时正直下午时分，人们三三两两地坐在门前烤火聊天，见到我这个外乡人都稀罕地打量着。现在是旅游淡季，游客一般住在大落水和里格，少数到达这里的也都包车前往草海，骑电动车的着实不多，所以我成了他们眼中的稀有动物。

　　骑过摩梭村寨，两侧又是大片的田野。许多刚放学的摩梭小学生走在路上，他们穿着统一的蓝色校服，腿上裹着黄色绑腿，远远望去格外抢眼。我放慢了骑行速度，想多了解一下他们。

　　这时刚好迎面走来三个背着书包的小女孩。她们有说有笑的，一张张通红的脸蛋显得那样稚嫩与朴实。大山里的孩子是最容易满足的，也许是晚上阿妈准备做好吃的猪膘肉，抑或今天在学校得到了老师的表扬？

## 3. 摩梭人的走婚习俗

　　终于到达了草海。冬日的泸沽湖草海缺乏生机与活力，原本绿意盎然的水草早已褪尽绿色，换上了冬装。放眼望去，一片片已经枯黄了的芦苇依旧倔强地矗立着，不为季节的变化所动容。

　　草海的形成，是由于这片水域长年泥沙淤积，导致水深变浅，非常适合芦苇生长。每到春夏之季，茂盛的芦苇荡俨然一片草的海洋，故得名"草海"。

　　在草海的尽头，一座木桥横跨泸沽湖之上，这就是传说中的走婚桥。

　　泸沽湖畔的摩梭人奉行"男不娶，女不嫁"的"走婚"习俗。而这座走婚桥正是摩梭男女约会的地方。听导游介绍说现在的摩梭人已经没有走婚族了，也施行一夫一妻制，只不过男方不承担抚养孩子的义务。不论生男生女，孩子都由女方家负责养大，舅舅作为家里的主要劳动力，必须义不容辞地承担起这项责任。而孩子的父亲，则要回到自己家中充当主要劳力。

　　我在走婚桥上走了一个来回，没发现什么吸引眼球的景致。正准备从桥上下来骑电动车离开之际，一段悠扬的手风琴和吉他的合奏声传来，瞬间将我打动，曲子的旋律是《山楂树之恋》。一个五十多岁的女人深情款款地拉着手风琴，她是那么投入，那么痴迷。旁边还坐着一个与她年纪相仿的男人，抱着吉他边弹边唱。

　　原本忧伤的曲子在他俩的合奏下被注入了新的活力。任何途经此地的人，都会被这种氛围所感染。果不其然，不多时便有十多个游人聚拢在他们身边。

# 4. 我们的故事——"伊人依旧"

聆听着他们的演奏，你会忘却曾经的烦恼，感受到人世间最单纯的那份快乐。

人生在世，除了追名逐利外，还有很多美好的事物值得去追寻。做自己想做的事，去自己心仪已久的地方，来一场说走就走的旅行。简简单单，朴朴素素，哪怕是粗茶淡饭，只要有一席容身之地，也乐得其所，老无遗憾。可是真能做到这些的又有几人？

在澳洲的半年，我见识到了外国人截然不同的生活理念，也真正理解了生命的真谛。2012 年在昆士兰科技大学学习期间，每天去实验室都要途经布里斯班桥。不论上午还是下午，每次过桥时都能遇到许多人在跑步锻炼，有老人，也有年轻人。一开始还纳闷这些人怎么不上班，后来才知道大多澳洲人都选择工作半年，休息半年。他们会利用假期到另外一个城市去生活，假期结束后再回到原来的城市。所以这些跑步的人大多数都是来自外地的游客。澳洲的年轻人更是居无定所，四海为家。一个二十岁出头的毛头小伙子很可能已经游遍全球。

我就站在人群中静静地倾听，待一曲演奏完毕，上前询问他们摆着的CD 怎么卖。"一百块一套，四张，附送一本介绍演奏者的小册子。"女人很有礼貌地回答我。虽然有点小贵，但我还是买了一套，谁让咱喜欢呢！

看了小册子更觉得这套 CD 买得很值，不单能听歌，更重要的是他俩的人生经历和生活方式，太令我向往了。

他们现在是一个组合，名叫"伊人依旧"，很怀旧的名字。男歌手是地道的北京人，从小酷爱音乐，尤其喜欢弹吉他。只是当时条件所限，没法追求自己的理想。高中毕业响应党的号召到农村插队，后来回到街道办事处，干上了与音乐八竿子打不着的工作。业余卖过水果后来改卖吉他，凭借自己弹得一首好琴和一副好嗓子，硬是卖出了名堂，成了八十年代为数不多的万元户。再后来结婚生子生活趋于平淡，九十年代重操旧业，混迹酒吧和表演场。也做过乐队经纪人，小有名气。五十岁时决定要再次实现自己的理想，参加了星光大道，只可惜结果不尽如人意，周赛屈居亚军惨遭淘汰。

女歌手是来自山东的退休教师，参加过乐队，也酷爱音乐。

偶然的相识，共同的爱好与理想让他俩一拍即合，组建了"伊人依旧"，不为出名，只为体验浪迹天涯的生活。自此流浪丽江、大理，每到一处，就在当地居住一段时间。他们没事的时候就在路北边支起场子，弹起吉他，拉起手风琴，顺便卖几张 CD，边流浪，边表演。他们深入地了解与体验当地的山山水水、风土人情，足迹遍及祖国的大江南北，也让越来越多的人知道了"伊人依旧"。

只可惜自己不懂音乐，不能追随他们的足迹去"流浪"。

## 5. 湖畔人家

　　在走婚桥领略了冬日草海的荒芜与凄凉后，一看表已经五点半了，赶紧骑上电动车往回赶。太阳此时已淹没于西边的远山中，夜色渐渐暗了下来。少了阳光的照耀，泸沽湖变换色调，呈现出一派寒冷的肃杀。

　　骑行在环湖路上，我冻得瑟瑟发抖。半个小时后终于回到滇放村吕家湾，把车子还了后，还要步行十多分钟才能回到萤火虫客栈。

　　走过一段路程后感觉没那么冷了，我仔细辨识周围的建筑，生怕走错路。忽然，一群黑山羊迎面走来，后边一个羊倌手里拿着木棒，边走边大声地吆喝，

驱赶着羊群。由于道路比较狭窄，羊群几乎占据了整条路，我赶紧往边上靠，让他们先过去。

前方是一个临湖的小村子，来时从这里路过，我知道离客栈已没多远，心想现在天还没黑反正回去也没事做，不如再到湖边去领略一下傍晚泸沽湖的真容，于是一拐弯进了村子。村子里很安静，一个村民也没遇到，他们应该都在家里做饭吧！走在土路上，田里依旧种着蔬菜，两边灰瓦砖房，还有一些木质房屋相对矮小，大抵久经岁月洗礼，所以显得破旧不堪。家家门前的秸秆垛堆得都有一人多高，几只鸡在村里找食，东窜西跑的。

拐了几个弯后，来到湖边。这时的湖水看着没有白天清亮，但倒映水面的白云与青色的湖水交织在一起，呈现出一种神秘的瑰丽，宛若一面玉镜，迷人双眼。

　　旁边金黄色的大榕树下两个六七岁的小女孩在玩着过家家，一个当妈妈，一个当孩子。一把破旧的木椅就是她们的家，上面摆放着几个空塑料瓶，还有作业本。

　　她们好像要做饭了。只见"妈妈"拿着一个饮料瓶去湖里舀水。她小心翼翼地俯下身子，一只手扶着岸边的青石阶，另一只手探到湖中舀水。在瓶子触碰湖面的一刹那，玉镜被打破了。一道道涟漪伸展开来，让沉寂许久的湖水瞬间增加了一丝灵动，粼光摇曳，伴随着湖水的上下微伏，玉镜反射出一道道蓝光，让人不由得产生一丝幻觉。

　　枯黄的落叶散落一地，大地如同被覆盖上一层厚厚的地毯。远山、白云、湖面交织在一起，好美的画卷啊，我情不自禁地按下了快门。

# 6.吕家湾的清晨

冬天的泸沽湖天亮得很晚，八点钟才蒙蒙亮。在客栈吃过早饭，再次来到湖畔，感受清晨泸沽湖的静美。

萤火虫客栈地处泸沽湖南面的吕家湾，离蒗放很近，从客栈的后院走到湖边，至多一分钟。

清晨的泸沽湖吕家湾段安静得出奇，难觅游人的踪影（没有里格和大落水的喧嚣与嘈杂），唯有几只颜色艳丽的猪槽船静静停靠在湖边，鲜亮的色彩与湛蓝的湖水形成鲜明的对比。蔚蓝的天空是那样清澈，一尘不染，仿佛被清水冲刷了无数遍。即使从几只进了水的猪槽船里倒映出来的一小片蓝色，

一 一 个 人 的 旅 程 一

也依旧无一丝杂质。清澈见底的泸沽湖水荧光荡漾，碧波粼粼，湖底的小石子个个清晰可见，垂手可及。

我俯下身子，用手滑动着湖水去抓石子，瞬间一股清凉从指尖流过，我不由自主地产生一种想更近距离接触泸沽湖的冲动。

微风吹过，碧蓝的湖水泛起层层涟漪，让人看着目眩神迷。

远处的湖面上泛起一层薄雾，紧贴着湖面，由远及近缓缓飘来，让本已神秘的泸沽湖更添几分缥缈虚幻之感。

我沿着湖堤往东走，岸边枯黄的水草密密麻麻，杂乱无章。由于冬日早晚的气温已降至零下，使得原本泥泞不堪的小路被冻得很结实，走在上面不必担心陷入淤泥中。

一只栖息在水草丛中的野鸭被我这个不速之客所惊扰，奋力挥舞翅膀拍打着湖面，疯狂地奔向湖深处，只留下身后一条长长的水线。

此时太阳已不经意间翻过南边的大山，悄悄探出头来。一缕晨曦

的光透过山峦间的缝隙照射在泸沽湖畔，你能真切感受到那一米阳光近在咫尺，伸手去抓，又遥不可及。岸边的稻田与枯黄的水草在阳光的照耀下又焕发了活力，变得生机盎然起来。

一同被唤醒的还有不远处吕家湾的几十间摩梭村舍。此刻，炊烟袅袅，鸡犬相闻，空气中弥漫着久违了的东北老家淳朴的乡土气息。

# 7. 探奇阿夏幽谷（上）

早晨不到九点，我在吕家村找到一家电动车租车行，和老板谈好价钱后，准备了简单的干粮和热水，就踏上了今天的环湖之旅。

昨天是逆时针方向环湖，由于出发较晚，只环了一半。今天打算反方向，顺时针骑行。从吕家村出发一路向西，没多远就来到一个三岔路口，看路牌指示：一条路通向大落水村，另一条路通向三家村（去山顶机场方向），最后一条路是吕家村。我忽然想起昨天中午刚到泸沽湖时，机场大巴就是把我放在三家村路口的，那里好像有一个很神秘的峡谷入口，可以去瞧瞧。于是，我朝着三家村路口方向骑行。这是一条很陡的上坡路，倾斜角度几乎达到四十五度。我倍加小心地缓慢骑着，一方面要当心盘山路边的悬崖，这掉下去小命就呜呼了，另一方面还得注意路上的汽车。在这种神经高度紧绷的状态下，骑行了大约两公里，终于来到三家村路口。我凭借记忆辨识着周围的群山和建筑物——对，就是这里。

站在三家村路口往东南方向望去，只见不远处有一座废弃的木寨子，门前还停着一辆旧摩托车。年久失修的寨舍破败不堪，应该荒废好久了。雄浑的群山伫立其后，如同巨人一般守护着这片神秘的山谷。

我走到近前，褪了色的寨门匾额上字迹依稀可辨，"阿夏幽谷"。我暗自庆幸找对了地方，将电动车停靠在路边，一个人进入山谷。

泸沽湖畔的气温已经回升，但山里却依旧寒冷，只有三四度的样子。一进寨门，横挂着的巨大经幡迎面拦住去路。五彩的经幡在冷风的吹动下来回摇摆，发出"呼啦呼啦"的声响，使得本就空旷寂寥的山谷愈发荒凉。在两侧高耸的山峦间隐约可见一道深深的峡谷，蜿蜒曲折，随着山势的起伏绵延至远方。

我不禁打了个冷战，眼前的一幕好像《鬼吹灯》里描述的云南虫谷。越

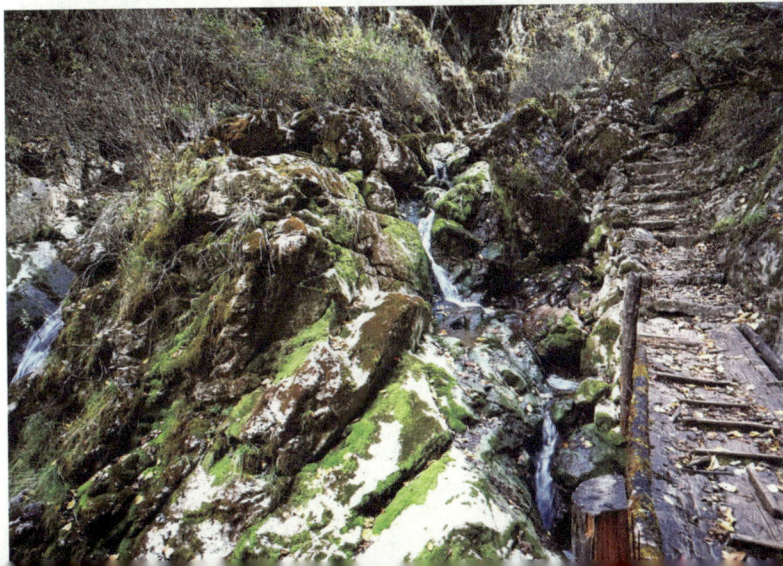

想越起鸡皮疙瘩，我暗骂自己没出息，多大个事，不就是个峡谷吗！我曾在西冲清晨被恶狗追，在伸手不见五指的风雪天独自攀爬羊草山，在涠洲岛贝壳海岸漆黑的灌木丛中遇到竹叶青，不也都勇敢地走过来了吗？只是一个峡谷，有什么可怕的。我暗暗给自己打气，瞬间信心倍增，鼓起勇气进入峡谷。

冬日的峡谷里树木凋零，一片荒凉，毫无生气。唯一的鲜活是青石上生出的绿苔，密密麻麻，到处都是，彰显出一种诡异的色彩。我想早些到谷底一探究竟，只是行走时要格外小心，稍有不慎就会滑倒。藤蔓植物生长得异常疯狂，侵占了本就狭窄的羊肠小路的大部分空间。我随手捡起一根树枝作为开路杖，边拨打着这些藤蔓，边慢步前行。

当走到两座大山的交汇处时，峡谷随着山势也转变方向，从原本的正南拐向正东。这使得唯一的一丝光亮也被拐向南侧的山峰所阻挡，峡谷中的能见度更低了。老天保佑，太阳公公，赶快升起来吧！我暗自祈祷。忽然，耳畔传来涓涓的流水声。我寻声望去，在长满青苔的石缝间隐约看到一条小溪，清澈的山泉水从石缝下缓缓流过。

冬日的峡谷阴暗湿冷，再加上泉水浸泡，湿气更重，还是赶紧走出去为妙，我加快了步伐。

忽然，一块巨大无比的山石矗立在我眼前，挡住去路。我很是纳闷，怎么平白无故多了一块巨石？当我翻过去看到它的另一面后，不禁心里咯噔一下，汗毛瞬间都竖了起来。

# 8. 探奇阿夏幽谷（下）

我定睛细瞧，原来在巨石的另一面，刻着一串硕大的类似图腾之类的符号，红色的字体虽已略为褪色，但依旧醒目异常。特别是最上面的一个红色卐字，格外显眼。当时不懂，只觉得这个符号神秘而又诡异，很像二战时德国纳粹的标志，在这不见人烟的荒山野岭中，冷不丁地出现，不让人头皮发麻才怪。

来时在机场大巴上听导游讲，摩梭人是全民信教的。他们信仰两种宗教，一种是本地的达巴教，另一种是元代初期传入的喇嘛教（即藏传佛教）。这两种宗教不仅是摩梭人的精神寄托，更影响着摩梭人的日常生活。我恍然大悟，猜想这应该是摩梭人的宗教信仰符号。不敢在这里造次，赶紧毕恭毕敬地双手合十，心里默念"阿弥陀佛，佛祖保佑"，便慌忙离开了。

后来才知道卐与卍是佛教中表示吉祥的符号。汉传佛教在武则天长寿二年（公元 693 癸巳年）被正式统一译为"万"，意为"吉祥万德之所集"，又称"吉祥海云相"，是佛教认为释迦牟尼佛祖出生时的三十二吉相之一的标志符号。其根源来自于古印度婆罗门教的标识，即指"大觉者的智慧"。藏传佛教中称之为"雍仲"。卐是佛教中原有的基本图案，此后在佛经、法事或仪轨中出现了对称型且同义的卍，两者仅有左旋与右旋的区别，本质上一致。而二十世纪初，德国纳粹选用了源于古雅利安文化的卐字作为党旗标识。此卐字来源于鲁尼文，在古雅利安表示无上的力量。但德国纳粹所用的卐均是黑色的，且呈斜四十五度摆放，与佛教中的有本质区别。

再往前走，出现了一大片一米多高的荒草丛，中间依稀看出有人走过留下的痕迹。沿着这条丛中小道快步前行，看见一座废弃的寺庙远远地伫立在草丛深处，周围有经幡悬挂，显得十分荒凉。我无暇顾及这里有无寺庙、僧人，一心想要探到谷底，便沿着山谷又走了一小段。山势在这里又发生了翻转，

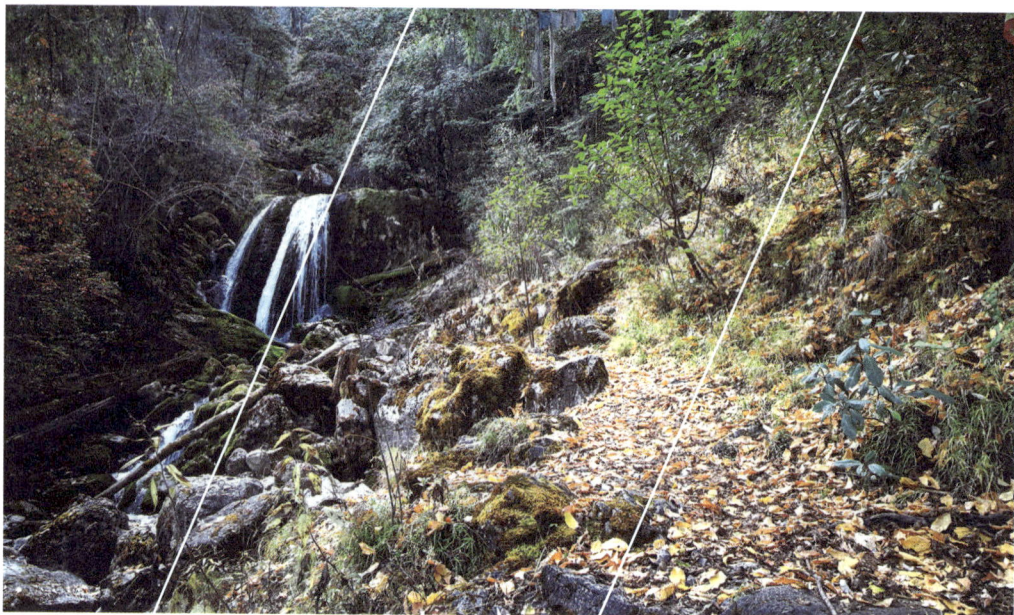

朝东的峡谷转向正南，荒草丛消失殆尽，取而代之的是涓涓溪水和漫山遍野的青苔石块。我小心翼翼地踏着青石阶，采取稳扎稳打的策略，缓慢地行走着。台阶逐渐陡峭起来，幽深阴暗的峡谷也随着上升的山势逐步攀升，变成了向上倾斜三十度的山路了。

　　我用手扒着相对牢固的石块，脚踩青石阶，费力地向上攀爬。旁边一棵树上挂着的一块黑色树皮制成的指示牌突然映入眼帘，上书四个暗红色的大字——阿夏瀑布。

　　这里就是阿夏瀑布了。来时听客栈老板说过在阿夏幽谷里有个阿夏瀑布。我顺着指示牌的方向放眼望去，只见在半山腰的密林深处，隐约可见一尾白色水线，并伴有流水之声。

　　我三步并做两步地冲了过去，只见在群山密林间，一块长满青苔的大石块上，自上而下倾泻出一帘泉水，水势湍急，撞击在下面的岩壁上，水花四溅，甚是壮观。

这深谷之中的泉水到底来自何处？强烈的好奇心驱使着我继续向上攀爬。海拔的升高使得峡谷内的树种也在不知不觉中发生着变化。谷底阴暗湿冷，多以低矮灌木为主，半山腰光线较好，杨树、柏树居多。由于当下时值隆冬，所以树叶基本陨落殆尽。金黄色的枯叶将地面铺了厚厚的一层，行走其上发出清脆的"嘎吱嘎吱"的声响。

此时坡度已超过五十度，爬行起来异常困难。我手脚并用，沿着陡峭的山势一点一点地向上攀爬了十几米后，前面已无路可走，这里就是泉眼的所在。

在两三米外的正上方，白色的山体间现出一道碗口粗细的石缝。柱状的

泉水由此喷涌而出，形成了下游的瀑布和溪流。这水柱应是四季长流，或许已经存在了数百万年之久。

如果想探寻这水柱到底源自何处，就得翻越大山去一探究竟。我尝试着从两侧的山脊处攀登，都因崖壁过于陡峭而宣告失败。我想自己也不必纠结于此，李白所云极是，"黄河之水天上来，奔流到海不复回"，必有其中的道理。

探明泉眼后，我一看表已经十一点钟，进谷竟然一个半小时了，今天还得环湖呢，赶紧加快脚步出谷才是。真是下山容易上山难，就这样一路疾行，竟然不到半个小时就走出了阿夏幽谷。

出谷时遇到一对母女，一人背着一大捆柴火，见到我一个人从谷里出来，很是诧异，直说我胆子大。我请她们帮我照了那张在阿夏幽谷入口处的照片，权作纪念吧！

## 9. 大落水小饭店的寄语

从阿夏幽谷出来，找到电动车，沿着盘山路小心翼翼地下山。不一会儿，就回到环湖路上。此时阳光越来越强，一看表，发现已是中午时分。泸沽湖早晚温差较大，早上还只有零下三四度，到了中午气温能达到二十摄氏度以上，肚子也开始咕咕叫了，还好前边不远就是大落水村，不如到村里找家饭馆，吃饱喝足后再环湖。打定了主意，就加大马力，一路向着大落水疾驰。

途中的景色自不必说，蓝天、白云、青山、碧水、绿树、红花、野鸭，宛如明信片一般，真是人间天堂。

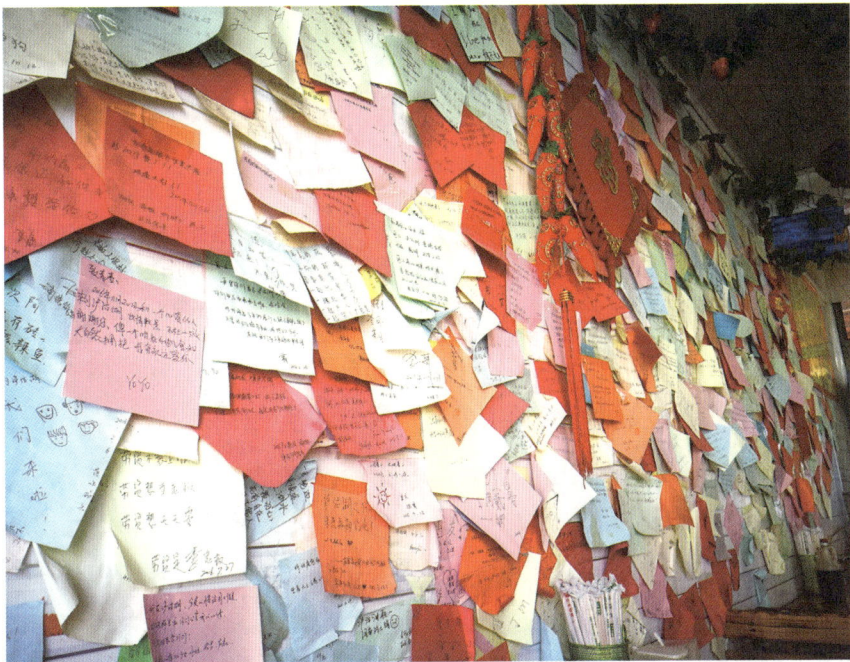

　　大落水不愧是泸沽湖畔最大的村落，横竖好几条街道，客栈、饭馆林立街头，一家挨着一家。

　　我挑了一家相对干净的饭店点了一份牛肉米线。老板倒也麻利，不一会儿就把热气腾腾的米线端到我面前。我一看，大碗米线里除了牛肉片和菜，还有半个鸡蛋。

　　上午爬阿夏幽谷着实有点累了，看到香喷喷的米线，赶紧拿起筷子，狼吞虎咽地吃起来。别说还真香，连汤都喝了个精光。吃饱后，我边喝水边仔细打量着这家小店。

　　墙壁上贴满了五颜六色的便笺纸。再一细看，上面全是游客写的寄语。我也来了兴致，问老板要了一张黄色便笺，写下自己的寄语。如果若干年后故地重游，希望再次看到这张小纸条。

## 10. 七彩小鱼坝

一碗美味的牛肉米线让我又精神满满了。从小饭店出来沿湖边的石板路骑行，欣赏泸沽湖的美景。泸沽湖大落水这一段开发得最早，也最为成熟。沿着湖边，除了一家挨着一家的湖景客栈外，还有摆地摊的小贩售卖一些当地特产，很是热闹。给人的感觉像是到了大理和丽江的小集市，而不是身处泸沽湖腹地。

告别热闹的大落水，继续沿顺时针方向环湖骑行。这一段多是七拐八绕的盘山路，加之汽车也多，所以要特别小心。绕过几个山脊后，我发现有一条小道直通湖边，心想反正今天时间也宽裕，索性每条路都进去瞧瞧。于是我沿着土路下来，骑了二三百米后拐了一个弯，看到一小片沙滩。

确实是一片很小的沙滩，充其量也就五十平方米。在一棵柳树下，一个摩梭妇人在烧烤架上烤着几串小鱼，旁边的木车上摆放着山核桃和苹果。

　　这里很安静，除了妇人和我外再无他人。清风徐来，湛蓝清澈的湖水拍打着岸边的细砂石，激起层层波澜。这时，摩梭妇人见来了客人，赶忙兜售起她的烤鱼和核桃。我刚刚吃饱，哪里有肚子再吃别的，婉言谢绝。但她极力推荐烤鱼，说这是从泸沽湖里打上来的小黄鱼，营养价值很高。我实在是盛情难却，花三块钱买了一小串，味道还不错。

　　妇人说这里叫"小鱼坝"，是一个小村子，也就十几户人家。昨天来时，机场大巴司机曾提起过这个小鱼坝。因为它地处正西，湖面位于正东方向，是泸沽湖环线看日出的最佳之地。只可惜我来的时间不对，看不到小鱼坝的日出美景了。

　　从小鱼坝出来，沿途山势陡峭，景色壮美。

　　远处的格姆女神山巍峨雄壮，白色和青色的山体石清晰可见，宛若一双张开的臂膀，拥抱着造访的每一名游客。崖边，五颜六色的花草树木虽不及夏天时葱郁繁茂，但也枝干挺拔，孤寒独自开。此时虽已步入隆冬时节，但泸沽湖却让人感受到一股浓浓的秋意，到处都洋溢着五彩缤纷的秋韵之美。

　　这边还有一家高档酒店——摩梭山庄，有酒店专属沙滩，可以观日出。

## 11. 初识里格

如果把泸沽湖比作一面碧蓝的玉镜，那么里格半岛一定是镶嵌在这面玉镜之上最璀璨的明珠。

沿着崎岖的盘山路，顺时针环湖骑行大约半小时。峰回路转，道路在不知不觉中由先前的南北向变成了东西向。当骑行到一个小的丁字路口时，我忽然发现路旁立着一块不太显眼的指示牌，上写"里格村"。哦，这里就是鼎鼎大名的里格半岛啊！幸好我眼尖，不然就错过了，我暗自庆幸。一拐弯，顺着盘山小道，我骑了下来。通往里格村的这条山路极其陡峭，曲曲折折，都是急转弯，稍有不慎就会跌入深渊。我使劲捏住车闸，双手紧握把手控制方向，双脚紧踩路面保持平衡，以最慢的速度向坡下滑行。终于，我安全到达了谷底——里格村。

里格是近几年新发展起来的一个小村庄。原先这里只住着十几户人家，后来由于景色绝美被驴友发现，名气逐渐变大，致使越来越多的游人慕名前来。纷至沓来的游客不仅打破了小山村的宁静，更吸引了众多投资者的目光，在此开饭馆、设客栈。现在的里格俨然成了第二个大研古城，商业气息过于浓烈了。

即使是这样，也难掩里格半岛的风华。虽然早有心理准备，但来到这里还是被惊艳到了。原本碧蓝的湖水在此处竟然清晰地划分出了层次：远处的藏蓝，中间的天蓝，近处的翠绿。大自然真是一位杰出的画家，颜色运用得如此出神入化，令人咋舌。若不是亲眼所见，我是绝不会相信天下竟有如此美景。都说看水必到九寨沟，我虽未亲历九寨沟水之奇美，但泸沽湖水之奇秀我却三生有幸，一睹芳容了。

里格半岛除了吸引眼球的水，还有造型奇特的双心半岛。感兴趣的朋友可以在里格观景平台俯瞰全岛，找找看。由于会在里格居住两天，所以我也只是走马观花，浅尝辄止地初探里格芳容，便匆匆出村继续环湖骑行。

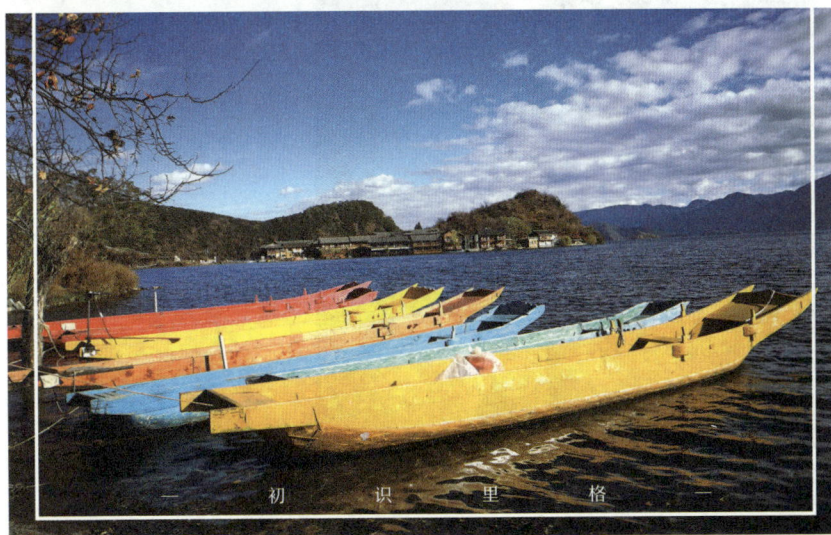

一 初 识 里 格 一

## 12. 秋在四川泸沽湖

从里格出来骑行不久，来到小落水村，一个安静淳朴的小村落。十几户人家，炊烟袅袅。再往东骑行，是尼赛村，这里有闻名遐迩的尼赛情人树，也是前往神秘的格姆女神山的必经要道。此时已是下午四点多，得抓紧时间赶路了，否则太阳一落山，这崎岖的山路又没有路灯，真不是闹着玩的。就这样绕过尼赛村，加速往西骑行，路边的界牌指示已进入四川地界。

这是个叫达祖的村寨，在泸沽湖畔是仅次于大落水的大村落，风景秀丽，湖面平静，环湖路骑行起来自然也顺畅了许多。

— 秋 在 四 川 泸 沽 湖 —

　　西边的落日抛洒出耀眼的金色光芒，映照在湖畔的杨树上，璀璨异常。湛蓝的湖水宛若一面玉镜，蓝得冰清玉洁，不沾染一丝尘埃。这一黄一蓝俨然成了这里的主色调，时刻提醒着游人，秋在四川泸沽湖。

　　特别要说一句，前往鼎鼎大名的稻城亚丁，就可以从达祖出发，二百多公里的距离，跟着领队，带着马帮（携带补给，帐篷），徒步七天，沿途风景壮丽，必不虚此行。这是我的下一个目标。

　　过了达祖，再往下走就是走婚桥和草海。我加足马力，一路未停。即便这样，骑回滇放村还车也是晚上六点半了。最后一个小时的骑行基本都是在太阳落山后完成的。今天虽然戴了手套，但还是被冻得浑身发抖，回到客栈后立刻打开电热毯，钻了进去。

## 13. 王妃岛的前世今生

　　这是来泸沽湖的第三天。清晨，独自一人来到湖边。天气格外好，万里无云，水天一色。蓝莹莹的湖水清澈得让人怀疑这不是真的，但它的确真实地呈现在天地间。

　　勤劳的摩梭人早已划着猪槽船飘荡在湖面上了，好似蔚蓝天空中的点点繁星。他们撒网，捕鱼，与野鸭为伴，不受世俗的困扰，淳朴而又宁静地生活着。"外面的人想进来，而里面的人又想出去。"人永远是矛盾的载体。

　　一条猪槽船从远处划来，船家说："小伙子，坐船去王妃岛转转吗？"

— 王 妃 岛 的 前 世 今 生 —

　　我忽然从思绪中清醒过来，一看是一位五十多岁的摩梭妇人。她架着一叶小船，来到我的近前。

　　"多少钱？"我问。

　　"就你一个人啊，那就一百吧，单独包船上王妃岛，再带你在泸沽湖上转一小圈。"

　　我想，既来之则安之，大老远来趟泸沽湖不容易，应该包船环湖游一圈，于是就上了船。

　　猪槽船是由一根粗壮的圆木镂空，两头削尖而成，因其状如一只长长的猪槽而得名。泸沽湖与世隔绝，湖上唯一的交通工具便是摩梭人独特的猪槽船。

　　现在的猪槽船已不仅仅作为交通工具或打鱼之用，越来越多的摩梭人开始用猪槽船载着游人荡舟湖上。而这样一艘小船的价格也不菲，至少得两万六七。许多摩梭人家都有两条以上的猪槽船。

坐在窄窄的猪槽船上，行驶在湛蓝的泸沽湖中，感受碧水蓝天，海天一色，心也随之平静、舒缓。

在摩梭妇人熟练的驾驶下，小船缓缓驶向湖中心的王妃岛。

恰在此时，神秘的泸沽湖面泛起一层层白雾，亦真亦幻，缥缥缈缈。而这一叶轻舟，宛若一台时光机，穿越了时空，也唤起了那一段尘封许久的记忆。

王妃岛原名博洼岛。1943 年，左所末代土司喇宝臣，从四川雅安娶回西康省军粮处主任肖显臣之女肖淑明为妻，并将其安置在博洼岛上。博洼岛也因此改名为"王妃岛"。如今的王妃岛上斯人已去，只留下了一座王妃府遗址博物馆，供游人参观。

王妃岛的前世今生

## 14. 末代王妃肖淑明

　　泸沽湖摩梭末代王妃肖淑明，于1927年出生于成都，有两个哥哥，一个妹妹。幼年随父母迁居雅安，小学毕业后进入明德女子中学就读。肖淑明之父肖显臣与西康省主席、二十四军军长刘文辉交往甚深。

　　肖淑明聪慧貌美，学习成绩一直是全班第一名，又喜欢唱歌跳舞，同学背后称她为"校花""才女"。初三那年，她的生活因为一个男人的出现被彻底打乱了。此人是泸沽湖摩梭"土知府"——土司喇宝臣。他来雅安拜见刘文辉汇报工作、赠送礼物的同时，还请求刘给他介绍一位知书达理、能帮助管理土司内务的女子做王妃。

　　刘文辉向土司喇宝臣介绍了才女肖淑明。婚期定了下来，像往常一样吃饭上学的肖淑明却还蒙在鼓里。

　　作为"汉摩和亲"的新娘，十六岁的肖淑明坐滑竿、骑马，翻山涉水经天全——泸定——康定——木里，来到泸沽湖，成为女儿国的王妃。随肖淑明一起到达泸沽湖的还有五十套一至三年级的各科课本和一架双凤牌风琴。

到达泸沽湖后，肖淑明改名"次尔直玛"（摩梭语），很快就适应了当地生活。一年后，她已经会说一口熟练的摩梭话。"那时候，红衣白裙，胯下青马，左毛瑟，右左轮，斜背美国小卡宾。一枪甩出，三只野鸭落地"，就是她当年的形象。她还多次参与打击土匪的行动。她生下四个儿女，度过了一段幸福快乐的日子。

命运似乎喜欢捉弄人。1959年，肖淑明被划为"剥削阶级"而被捕，开始了长达八年的牢狱生活。直到1987年，她才被摘掉帽子，恢复名誉。

2008年10月30日，泸沽湖"末代王妃"因脑溢血平静离去，享年八十一岁。

末代王妃府位于四川泸沽湖境内的走婚桥北侧，一处不大的四合院，现在已经成为一个展览馆。里面用连环画和照片的方式，记录了末代王妃肖淑明富有传奇色彩的一生。

在末代王妃府参观时，让我印象最深的是在院子里遇到的一个五六岁的小女孩。她衣着朴素，眼睛大而有神，懂事地帮祖母做家务，还会用手机帮我拍照。我想，肖淑明小时候应该就是这个样子吧。还有祖孙俩对话时说的竟然是蒙语，我基本能听懂，这也证实了四川泸沽湖的摩梭人是蒙古族的一个分支。

## 15. 征服"狗钻洞"山

中午就要离开吕家村的萤火虫客栈前往里格，还真有点依依不舍。早晨从王妃岛回来后，早早打包好行李，在前台和客栈小老板闲聊。小老板三十岁出头，河南人，来泸沽湖两年了，也是个好动不好静的主儿。周围的田间地头、河谷小溪基本都让他爬了个遍。

这两天我一直有个遗憾，就是没能在吕家村附近登高远眺泸沽湖。因为自己人地生疏，而周围山路崎岖，错综复杂，稍有不慎就会迷路，所以一直也没敢贸然爬山。

当我把自己的想法表明后，小老板拍拍我的肩膀，爽快地说："大哥，我带你去。"

"真的？"我别提有多高兴了。

说走就走，把行李寄存在前台，我俩就马不停蹄地出发了。

吕家村位于泸沽湖南面的大山脚下，依山傍水，景色宜人。可是，当你站在陡峭的山脚下，望着一望无际的大山时，心里依然会觉得发怵。

后来从当地人口中得知这座山叫"狗钻洞山"，因山中原来有一处山洞形如狗洞而得名。

登山入口选在了一个陡峭的山坡上。小老板步履矫健，几下就攀了上去。我没他那两下子，手扶着山坡，一点一点地跟着往上爬。在密林中拐了几个弯后，我已经完全迷失了方向，寸步不离地跟在小老板身后，生怕走丢。

随着山势愈发陡峭，植被也变得愈加茂盛，有的地方道路已被繁茂的枝条所覆盖。我俩一人手持一根木棒，一边向上攀登，一边拨打着挡路的枝杈。就这样，在翻越了两座大山后，终于来到狗钻洞山的山顶。

我早已汗流浃背，坐在地上大口喘着粗气，额头上的汗水滴滴答答地往下流。小老板体力真好，没有像我这般狼狈。这时他俯下身子，在草丛中寻觅着什么，不一会儿手里就多了一串野蘑菇。他递给我说，这山里野蘑、树蓉多的是，当地人经常上山来采摘卖钱。

他指着山脚下的泸沽湖说："你往那个方向看，一直能看到草海。"

我顺着他手指的方向放眼望去，蓝色的泸沽湖尽头处果然是一片枯黄的平原，正是我昨天去过的草海；再向山的另一边望去，能够清晰地看到云南泸沽湖入山口的收费站。

我和小老板在山顶休整了十多分钟，就匆忙下山了。幸好有他带路，不然山里的小路如同迷宫一般，我是根本走不出去的。

回到萤火虫客栈已是中午十二点，热心的小老板帮我联系了前往里格的车，没花一分钱，非常感谢他。

他还告诉我一个非常有价值的信息，他的一个当地的摩梭朋友，是专业的户外领队，每个月都会组织一次从达祖徒步前往稻城亚丁的户外之旅，七天行程，备有马帮和补给，每人两千多的费用。他一直想参加，可是没有时间。我暗下决心，下次来泸沽湖一定要挑战这条神奇之路。

# 16. 里格村的"古道情怀"

终于要从吕家村的萤火虫搬到里格的澜庭别苑了，坐在副驾位置的我，一路上和司机师傅交谈甚欢。同行的还有几个刚从丽江辗转到达泸沽湖的上海大妈。从师傅口中得知，11月1日之后，丽江至泸沽湖的公路已正式通车，以后从丽江来泸沽湖只需要三个小时车程。要知道，原先可是要近七个小时才能到达，真是方便了不少。

免费的大巴车把我拉到里格村村口的停车场。一下车，第一印象好似来到了一个繁华的小集市（或许是这几天在滇放吕家村住得太冷清了，一天也见不到几个人）。崎岖的石板路旁客栈林立，复古的装修、摩梭风格的木质建筑、清脆的风铃声，仿佛瞬间把你带回千百年前神秘的茶马古道。

茶马古道交易制度始于隋唐，宋元繁荣，明清昌盛，至民国初期衰败，历经千年岁月洗礼。在如此漫长的时间长河里，中国商人在西北、西南边陲，用自己的双脚踏出一条惊心动魄的马帮之路。

茶马古道的线路主要有两条：一条是从四川雅安出发，经泸定、康定、巴塘、昌都到西藏拉萨，再出国至尼泊尔、印度等国家，国内路线全长三千一百多公里；另一条路线是从云南普洱茶原产地（今西双版纳、思茅等地）出发，经大理、丽江、中旬、德钦，到达西藏邦达、察隅或昌都、洛隆、工布江达、拉萨，然后再经江孜、亚东，分别到缅甸、尼泊尔、印度。国内路线全长三千八百多公里。在两条主线的沿途，又密布着无数大大小小的支线，将滇、藏、川"大三角"地区紧密联结在一起，形成了世界上地势最高、山路最险、距离最遥远的茶马古道文明。

古道上成千上万的辛勤的马帮，日复一日、年复一年，在风餐露宿的艰难行程中，用清悠的铃声和奔波的马蹄声打破山林深谷的宁静，开辟了一条通往域外的经贸之路。

　　不仅如此，居住在滇西北的纳西族、白族、藏族等各兄弟民族之间也通过茶马古道紧密地联系在了一起。藏传佛教也在茶马古道上遍地开花，得到广泛传播。

　　而今，成群结队的马帮身影不见了，清脆悠扬的驼铃声远去了，远古飘来的茶草香气也消散了。留给人们的，只有那崎岖的石板古道和沿途古朴优美的自然风光。

　　站在里格村村口，思绪万千的我止住遐想，背着行囊叩响了澜庭别苑的大门。

## 17. 里格半岛的午后时光

　　将随身行囊安置在澜庭别苑后，独自一人漫步于里格村的石板古道上。此时正值中午时分，暖暖的阳光毫不吝啬地洒在里格的每一寸角落，让人觉得那样慵懒而又惬意。由于淡季的缘故，即便是饭口时分，街道上依旧见不到几个游人。只有无所事事的客栈老板们，百无聊赖地坐在门前的露天桌椅上，喝着茶水，晒着太阳，打发着午后的恬静时光。

　　找了一家饭馆，点了一份米线，学着他们的样子，安静地坐在露天桌椅旁，只是静静地发呆，任时光从指尖溜走。

　　不远处的泸沽湖水碧波荡漾，停靠在岸边的五颜六色的猪槽船，犹如一个个身形婀娜的舞者，随着湖面的上下起伏摇摆着身姿，美艳动人。红嘴鸥

此时也不甘寂寞，在左右低空盘旋着，吟唱着。前方的格姆女神山如同一位慈祥的长者，安静地守护在那里，注视着眼前的一切。

这种返璞归真的宁静对于生活在喧嚣都市中的我们，无疑是一种奢求。放不下的事太多太多，当你老了，走不动了，也许会感慨年轻时的遗憾。

将电视剧《北京青年》中的一段话送给大家。

"我每天的生活过得都一样，前天和昨天一样，昨天和今天一样。日复一日，按部就班，无所事事。我只要一闭上眼睛就能想到我未来十年的样子。这不是我想要的生活。"

## 18. 里格夜色美

在里格半岛闲逛一下午，感觉有点疲惫，回到客栈刚一挨枕头，就睡着了。醒来已是灯火阑珊，夜色迷人。

头两天在蒗放，相对偏僻，夜晚连路灯都没有，更谈不上夜生活了。而在里格，却是一番截然不同的景象。

街边的烧烤店生意火爆，麻利的伙计不时地向烤架上的烤串撒佐料。一串串鲜嫩的红肉在通红木炭的炙烤下渗着油汁，发出噼里啪啦的脆响，空气中弥漫着一股浓浓的肉香。

连露天摊位都座无虚席。人们边喝啤酒，边大口吃着烤串，喊叫声、嬉笑声不绝于耳。我很是纳闷，这些人都是从哪里冒出来的，白天整条街也没几个人啊。

小街上还有几家酒吧，此时也是灯红酒绿，歌声鼎沸。

找了一家烧烤店，点了当地的特色烤鱼和烤茄子，细细品尝起来。说实话，味道真心一般。烤鱼和我去年在丽江拉市海吃的差好多，烤得太老了；烤茄子与深圳西冲吃到的烤茄子更是差了好几个数量级，只有烤馒头还不错，将就着吃吧。

吃完饭，夜色还早，索性来到一家名为"码头火塘"的酒吧小坐。进来后才发现，整个酒吧除了服务生和歌手，就我老哥儿一个。

机灵的服务生笑容满面地走上前来，把酒水单恭敬地递给我说："先生，喝点什么？"

我本想一走了之，可回客栈也没事干，还不如在这里听会儿歌。于是简单点了饮料小吃，就坐下了。台上，一个皮肤黝黑的小伙在抱着吉他唱歌，歌曲好像是齐秦的《外面的世界》，沙哑的嗓音，忧伤的旋律，也还不错。

　　就这样，在泸沽湖畔空荡荡的小酒吧，在迷离的夜色下，我这个孤零零的客人享受着包场的待遇，听了一曲又一曲。

　　结账离开时，我问服务生："平时人也这么少吗？"

　　服务生笑呵呵地说道："不是的。今天大落水有一场篝火晚会，大多数游客都去那边了。"

　　我恍然大悟，心想最后一天会住在大落水，一定不能错过这场篝火晚会。从酒吧出来时已经快晚上十点了，街道上的游人也都各自散去。

　　"好美啊！"我不经意间仰望天空，下意识地发出赞叹。

　　这样璀璨的星空还是在我五六岁时见到过。后来，城市的万家灯火无情地遮掩了浩瀚星空。今天，在泸沽湖的里格，竟然重温这美妙的星河美景，实属难得。

## 19. 里格看日出

　　泸沽湖的清晨是寒冷的，不到七点钟，里格码头就已经人头攒动。人们穿着厚厚的羽绒服、大棉袄，蜷缩在一起，等待船家载着去看日出。大约七点十分，船家陆陆续续都来了。

　　"十块钱一个人，人满就出发！"船老大招呼着。

　　我赶忙掏出十块钱，上了一艘猪槽船。不一会儿，就凑齐了七个人。

　　"坐稳，开船了。"船老大吆喝道。

　　在电动马达的轰鸣声中，猪槽船仿佛离弦之箭，直奔泸沽湖深处。

　　阵阵凉风袭来，坐在船头的我冻得直打哆嗦。此时的泸沽湖失去了白天的柔美，藏蓝色的湖面借着风势上下摆动，有

节奏地拍打着船舷，激起层层浪花。成群的红嘴鸥在空中盘旋，追随着我们的猪槽船，它们时而贴着水面低空掠过，时而敏捷地从我们的头顶呼啸而去，嘴里发出"吱嘎吱嘎"的叫声。

　　东边的天空先是泛起了鱼肚白，而后逐渐变蓝，变亮。天边的白云也随之发生着华丽的蜕变：灰色，粉色，黄色，金色，白色，还没来得及反应，一切仿佛在瞬间完成。

　　"太阳出来了！"不知是谁喊了一声。大家不约而同地向东边的远山望去，只见金色的旭日如同一个害羞的孩子，正缓缓地从山顶探出头来。随着它的轮廓逐渐清晰，湖面上也随之映射出一道金光，波光粼粼，夺人耳目。

　　湛蓝色的天空中，彩云朵朵，煞是美丽。红嘴鸥仿佛正在接受我们的检阅，整齐划一地在这霞光嶙峋的湖面上飞过。

　　当最后一道霞光冲破了山脊，太阳如同一位恢复了功力的武者，光芒万丈，不可一世。又是一个崭新的一天。

## 20. 尼赛情人树

你从远古走来，

你是一代天骄成吉思汗的后代，

也许你曾经到过那里？

也许你着迷于那里的神奇？

我爱它因它像海一样的深沉；

我爱它因它有博大的胸怀和纯真的爱，

心有这个爱，走遍全世界，

那就是神秘的女儿国，充满着浪漫、幻想、神奇……

看完日出回到客栈，直接就钻进电热毯，缓了好半天才觉得身上又热乎起来。这时肚子咕咕直叫，才记起自己还没吃早饭，还是先填饱肚子再说。来到里格村的小街，找了一家饭店，点了一份十五块钱的泸沽湖特有的摩梭粑粑套餐，包括一份摩梭粑粑、一个鸡蛋、一碟小菜，以及不限量的米粥。摩梭粑粑味道不错，有点像玉米饼，但老板说里面的主要成分是荞面，我真没吃出来。

吃完饭，开始构思今天的行程。虽然之前已经环湖游过一圈了，但很多村寨只是路过，并未深度游，不如今天接着环湖，走到哪儿算哪儿。于是，我打定主意，找到一家车行，还是以每天八十块的价格租了一辆大号电动

车（怕中途没电，索性租个大的），戴上手套、帽子和其他必需品，迎着初升的旭日，信心满满地出发了。

　　从里格村一路上坡，七拐八绕的，好不容易才骑到环湖公路上。

　　今天依旧沿顺时针方向环湖，一路向正东方向疾驰，在绕过两座大山后，一个村寨显露在我面前——尼赛村。来之前了解过，在尼赛有棵很出名的情人树，现在当然要一睹为快。

　　我一拐弯，进了村口。几个工人正拿电锯锯木头，不远处的空地上摆放着好几根盆口粗细的圆木。另外一边，几根已经加工好的船板整齐地摆放着。原来是做猪槽船用的木料。和师傅们简单交谈后得知，制作猪槽船得使用这种专门的圆木，防水效果好，但价格较高，一根就得两千块。制作一艘猪槽船需要五根这样的圆木，加上手工费，总计得两万六七。一艘船的使用期一般为十年。

　　再往里走就到了湖边，闻名遐迩的尼赛情人树就生长于此。

　　隆冬时节的泸沽湖畔，呈现出的是一派盎然秋意，湖水微澜，美如画卷。比较而言，尼赛情人树就不够惊艳了。只见两棵略显苍老的杨树并排伫立在湖边，枝干依旧挺拔，枝叶却不够繁茂。它们经历了怎样的岁月洗礼，才蜕变成这样？

　　橘黄色的树叶在阳光的照耀下闪烁着金光，使情人树也焕发出一丝活力，仿佛一位慈祥的长者，在静静地向游人倾诉着自己当年的英姿勃发。

## 21. 杨二车娜姆家的"后花园"

从尼赛出来，继续向东骑行，雄壮的格姆女神山如同一位巨人，巍峨地矗立在前方。盘山公路依仗着起伏的山势，蜿蜒曲折，骑行起来要格外小心。又绕过两道山脊，一处小山包映入眼帘，依稀可见其上的青砖黄瓦建筑中，香烟缭绕，应该是一处寺庙。在山脚下，两个摩梭妇人卖着蜂蜜和苹果干。旁边的土路岔口戳着一块指示牌，上写"杨二车娜姆博物馆"。

好奇心作怪，我把电动车停靠在路边，顺着小道走了下来。这条土路不长，拐了一个弯后，来到一处如同寺庙的房子前。黄色的墙壁和木门，红漆柱子，琉璃青瓦，整体看来稍显破旧，门口的房檐上还悬挂着五颜六色的经幡。在一侧的墙上，一幅巨大的女子海报格外醒目，我走到近前细看，原来是杨二

车娜姆的照片和这座博物馆的简介。

我见里面有人参观，也跟了进去。屋内的墙壁上到处都悬挂着杨二车娜姆的照片，还有一些关于摩梭风俗、文化的介绍性文字。

里屋是个小吧台，一个年轻的服务生在给客人冲着咖啡。我走马观花地看了看，就从后门出来了。

后院是一片很大的山野空地，由于紧挨着悬崖，又隐匿于博物馆之后，所以游人罕至。我好奇心很强，看到这里风光秀丽、植被茂盛，不由自主地就沿着悬崖边的茅草道下来了。

枯黄的野草足有一米多高，草丛中五颜六色的花枝迎风招展，令空气中也飘荡着一股淡淡的芳草清香。

我找了一处空地席地而坐，享受这份难得的惬意。恰逢此时，几只猪槽船绕过前边遮挡的崖壁，出现在我的眼前。碧蓝的泸沽湖水此刻在阳光的照耀下，被神奇地划分出了层次，晶莹剔透，清澈见底。这几只荡舟湖面的猪槽船，如同悬浮在空中一般飘飘荡荡；又宛若一枚正在坠落的秋叶，在华丽谢幕时绽放着此生最精彩的瞬间。

太美了！原来只在照片上看到过这种景色，今天身临其境，实在叹为观止。

## 22. 达祖，泸沽湖之魂

如果你想体验最原汁原味的泸沽湖，那么，请来达祖吧。这里保留有泸沽湖未经雕琢的原始风光，传承着摩梭人勤劳，好客的淳朴善良，斟满了纯香甜美的苏里玛酒，闪耀着热情似火的"阿夏"姑娘。

当电动车驶入达祖地界时，虽说已是第二次来了，可我还是再次被惊艳到。达祖给人的感觉不像里格那样风情万种、妩媚动人，但她以自身特有的纯美与质朴，牢牢地将我的心拴住。我不由得怜生出一种无法言表的情愫，沉迷其中，难以自拔。

说也奇怪，达祖的一山一水、一草一木，是那样的熟悉又陌生，亲切又生疏，脑海中总有一种似曾相识的感觉，让人产生错觉，误把这里当作故乡。

2016/12
达祖

达祖，
泸沽湖之魂

## 23. 里拜情人滩与阿洼古村落

　　达祖再往东，是景色怡人的里拜情人滩，被怀抱在泸沽湖洼夸湖湾的十里沙岸中。

　　杨柳依依，每当微风拂过，发生在这里的浪漫动人故事便再次激荡起不朽的传奇。

　　传说天神施法将格姆女神和后龙变成两座山，他们只能隔海相望，天神只允许他们在每年农历七月十五那天相会。

　　每年的这一天，格姆女神和后龙都在情人滩相依相偎，诉说衷肠。据说在农历七月十五的那天，当你经过情人滩时，如果用心去聆听，便会听到格姆女神和后龙在悄悄地说情话。

　　阿洼古村落位于泸沽湖镇西南方向，背靠后龙山，比邻小草海，是通往女神湾的必经之路。这个小村落只居住着三四十户人家。

　　村内仍保存着摩梭人传统的建筑格局和风格，沿袭着包括"走婚"在内的生活习俗，保存着完整的母系大家庭。

　　如果前往阿洼古村落一定要注意环湖路上的指示牌，在三岔路口要选择向南的通往女神湾方向的那条路，否则会前往大草海和走婚桥。

—里拜情人滩与阿洼古村落—

## 24. 女神湾邂逅"女侠"与"好人"（上）

在后龙湾怀抱中的女神湾，是泸沽湖最美的湖湾之一。

摩梭民间神话故事中，格姆与后龙原本是一对"走婚"的挚爱情侣。恶神嫉恨，将两人化为石山，只能隔海相望。然而，痴情的格姆虽化为石，心却未死，情比金坚。于是，化情为波，日夜温柔地抚摸着后龙的伤痕。女神湾，阿夏情，记载着忠贞不渝的爱情。

女神湾地处后龙山西北、格姆女神山的东南，是一处宁静美丽的湖湾，也是泸沽湖看日落的最佳之地。从环湖公路下到女神湾需要走一段陡峭的土路，和涠洲岛的魔鬼坡差不多，我几乎是一点点地往前蹭着电动车骑下来

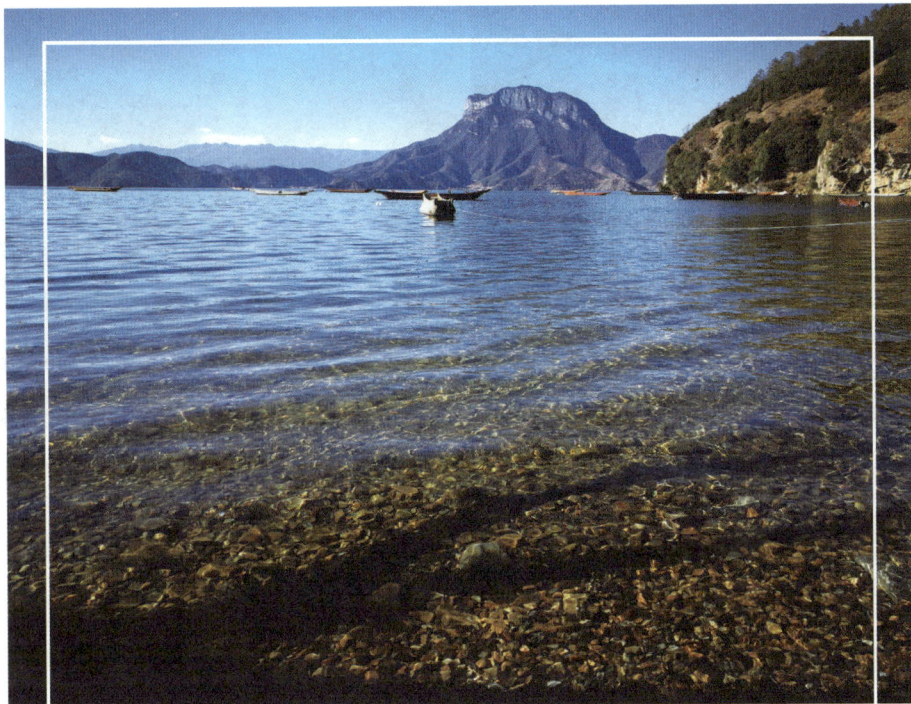

一 女 神 湾 邂 逅 女 侠 与 " 好 人 " 一

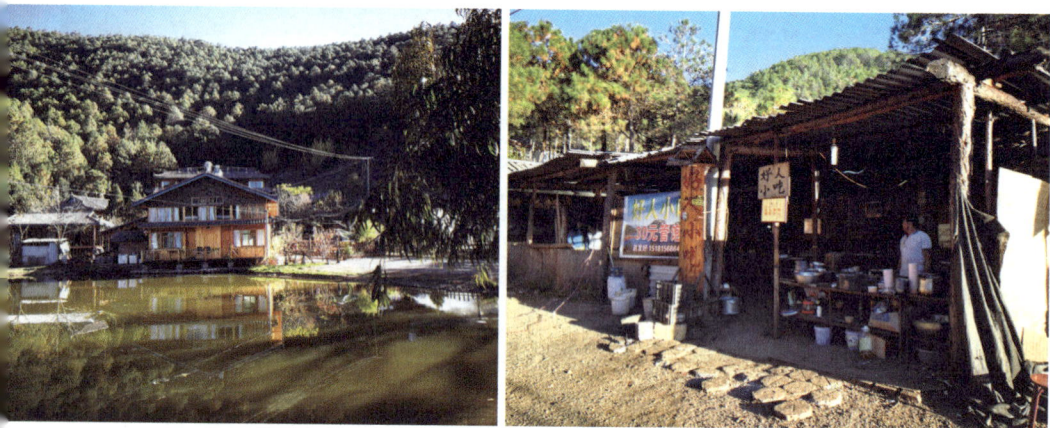

的。女神湾段的泸沽湖水深达数十米，水质清澈，能见度极高。站在堤岸边，望着湖底生长茂盛的水性杨花，挺拔的枝干从水底径直地蹿上湖面，感觉好神奇。

在女神湾的尽头，有两家客栈，地理位置绝佳，背依后龙山，苍松翠柏，前临女神水，碧波清潭。摩梭风格的二层小木屋也古色古香，与四周的环境巧妙地融为一体，好想在这里小住几日，体会一下陶渊明先生的"采菊东篱下，悠然见南山"的洒脱。

本该热闹非凡的女神湾，在这个初冬时节却是游人稀少，冷冷清清。我在这里溜达了半天，也没遇到几个人。觉得肚子饿了，看到女神湾入口处有几家支着棚子的大排档，几个游客在里面吃饭，心想就在这里对付一顿吧，于是挑了一家门面最大的坐了下来。

进来才看见，墙上和门口都写着"三十元管饱，好人小吃"。

老板是一个五十岁左右的胖子，只穿着一件半袖，露出黝黑结实的胳膊，正全神贯注地掂着大勺。

"是三十元随便吃吗？都有什么啊？"我问道。

老板看了我一眼，说："我们这里有炖笨鸡、炖鱼，主食米饭，三十元随便吃，管饱。"

回里格还有很远的路程要赶，不如在这里吃饱，然后再赶路。想罢，我对老板说："那我就在这儿吃了。"

谁知老板很轻蔑地上下打量着我，说："你就一个人啊？"

"是啊，就我一个。"我回答。

"那我不给你做。"老板说。

"为什么？"我疑惑地问着。

"你一个人量太小，我做一次量大，你吃不了太浪费。"

"还有这么歧视人的。"我心里想着，不满之情溢于言表。

老板看出了我的不满，接着说："虽然不想做，但你一定要吃，我也必须得给你做，进去坐吧。"

我一听，转怒为喜，进到棚子里找位置。一抬头，看见刚才在女神湾遇到的一名女游客，她还请我帮忙拍照。

"真巧！"我笑呵呵地和她打着招呼。

"是啊。"她回答道，"坐这里吧，反正我也一个人。"

老板一看我俩认识，赶紧跟我说："小兄弟，这位女士也刚来，热菜还没上呢。你俩凑一桌正好，我上菜也方便。"

我心里不太痛快，这老板还真男女有别，区别对待啊。她是女孩，一个人进来后被热情款待；我一个大老爷们，说我吃不了，爱答不理的。

算了，不跟你一般见识。

"那好啊。"我爽快地答应了。

刚坐下来没一会儿，老板端着一小盆热气腾腾的炖鸡上来了，"来，尝尝我做的炖鸡。"

我俩都饿了，勺子筷子一起上，大口地吃着鸡肉，喝着鸡汤。别说，味道还不错。

肚子里不再空荡荡，我俩的话匣子自然也就打开了。从交谈中得知，对面这位真堪称女侠。

之所以这样说，是因为有两点让我钦佩不已。

第一，她也是独自一人游玩泸沽湖，而且比我早来一天。要知道，绝大多数游客在泸沽湖都是走马观花地玩两三天，像我这样待六天的深度游极少见。她竟然要一个人待七天。佩服！

第二，她说自己昨天骑自行车环湖一圈，这个更牛。

"你真自己骑下来了？骑了几个小时啊？"我问道。

"骑了一天，从早晨一直骑到天黑，摸黑靠手电还骑了一个多钟头。"她回答。

她说得那么简单、平常。一般人可能觉得没什么了不起，但对于已经骑电动车环湖近两圈的我来说，深知此行的不易。我睁大了眼睛，吃惊地望着她。

"你骑车时早晚不冷吗？"我又抛出第二个比较尖锐的问题。

"我向租车行借了棉被套在车子上，既能遮风又能保暖，一举两得。"

"聪明，我怎么没想到呢？"我敬佩不已，看向眼前这个再平常不过的女孩，一个词从脑海中闪现出来，"女侠"。

"对，绝对的女侠。"我更加坚定了自己的判断，怀揣着敬意，和女侠继续边吃边聊。

"鱼来了。"老板一声洪亮的吆喝打断了我俩的交谈，"先尝尝这鱼汤。"老板不由分说地抓起我俩还盛着鸡汤的一次性塑料碗，一股脑地倒在旁边的剩菜桶里，接着麻利地给我俩盛上了满满的两碗鱼汤。白花花的鱼汤冒着热气，香气扑鼻，十分诱人。

"都尝尝，这可是我花了六年时间琢磨出来的'好人秘制鱼汤'。"

他这一连串动作发生在两三秒内，我俩还没反应过来呢，两碗鲜美的鱼汤就摆在了面前。

看着刚被倒掉的鸡汤，我心里觉得怪可惜的，"那就尝尝鱼汤吧"。

我率先端起塑料碗，大大地喝了一口，"好喝"。

我大声赞叹着，比我在千岛湖喝过的鱼头汤还好喝。

老板见到我满意的神情也非常高兴，"那你们先吃，不够了喊我"。

## 25. 女神湾邂逅"女侠"与"好人"（下）

女侠见我那略显夸张的赞许表情也端起塑料碗，大口喝起来，"好喝！"

她情不自禁地竖起了大拇指。我俩吃得津津有味，不一会儿盛鱼的汤盆就见底了。

我意犹未尽地和女侠商量，"要不咱俩再来一盆？"

"行！"女侠答应道。

"不愧是女侠，吃上也够豪爽。"我心里更加佩服。要知道，这一盆连肉带汤三个人吃都足够了，我今天要不是又爬山又赶路，体力消耗大，哪能吃这么多。

"老板，加菜。"我大声喊道。

老板很是惊奇地走到我俩桌前，看到桌上杯盘狼藉，有些不敢相信自己的眼睛。

"加鱼。"我底气十足地说道，心里很是得意，让你再瞧不起我，我今天非吃回来不可。

老板有些不情愿地端起汤盆，盛汤去了。不一会儿，满满一盆白花花味美香甜的鱼汤加鱼肉就端到了桌上。我俩也不客气，筷子齐飞，手嘴并用，一直吃到这一盆也见底了，再瞧我俩，撑得腰都直不起来了。

老板见我俩如此饭量惊人，也凑到桌前，拉把椅子坐了下来。

"好吃吧？"老板笑呵呵地问。

"好吃！"我边打着饱嗝，边回应道。

"你俩今天可算是来对地方了。我这个好人小吃别看门面不大，在泸沽湖这片可是远近闻名，多少人都慕名前来，回头客更是络绎不绝。现在也就是淡季游客少，如果是旺季，吃饭还得排队叫号呢！"老板自信地说。

"是嘛，那为什么你这儿叫好人小吃呢？"我问道。

老板一听，眼里闪着金光，拍着自己的胸脯，讲起了自己的传奇故事。

他叫赵发好，从小就生长在美丽的泸沽湖边。十多年前，为了救两个落水的女孩，潜入水下十五米，女孩被成功救上岸，可他自己却因为在深水区待的时间过长，导致内脏受到严重损伤，在病床上躺了大半年。后来被当地政府授予"见义勇为"的称号。前些年才在这女神湾边开了好人小吃，鱼汤鲜美，货真价实，受到游客们的追捧，名声在外。

听了好人老赵的事迹，我和女侠都佩服得五体投地。

"真了不起！"女侠说道。

"我现在每年还资助六万元给我们本地的贫困学生，已经坚持四五年了。"老赵补充着。

恰在此时，门口又进来五六个客人。

"我先忙去了，你们俩慢慢吃。"老赵走向客人。

"每年六万块，能解决不少学生的学费和生活费难题了。真的太了不起了。"我和女侠窃窃私语。

看着眼前这个貌不惊人的朴实汉子，一股敬佩之情油然而生，现在能做到像好人老赵这样的又有几人？之前对他的那些误会早已烟消云散，剩下的只有敬仰之情。

我和女侠从好人小吃出来时已经是下午五点多，虽然很想留在女神湾看日落美景，但现实不允许，我得在日落之前赶回里格，女侠得赶回大落水。路程都不近，几乎都算是横跨泸沽湖了。

我看着她电动车前挂着的挡风棉被心想，女侠威武啊，小弟学习了。

"你怎么走啊？"我问女侠。

"我准备沿顺时针方向继续环湖骑回大落水，你呢？"女侠问道。

"我原路返回，近一些。"我答道。

"那好，你路上小心，再见了！"女侠说罢骑着电动车一阵风似的疾驰而去。

我也得加把劲儿了，太阳落山前一定要赶回澜庭别苑。

## 26. 格姆女神山上的"敞篷跑车"

　　格姆女神山是摩梭人心目中的圣地，是泸沽湖的守护神。当地人世世代代朝拜她，已经有一千余年历史。

　　从女神湾的好人小吃出来，中间未做停顿，始终以六十迈的速度疾驰，就这样也整整花了一个小时才回到澜庭别苑。天已经全黑了，快冻僵的我钻进电热毯里，早早睡下。

　　第二天早上起来，感觉体力彻底恢复了，在街上吃过早饭，还是在昨天那家租车行，以五十元半天的价格租了一辆电动车（因为下午要搬往大落水，所以电动车只租了半天），迎着明媚的朝阳，向着今天的第一站，格姆女神山进发。

　　前往格姆女神山已经是轻车熟路了。昨天环湖时特意记下了登山入口，是在尼赛村北边的岔路上，今天倒也顺利，二十多分钟车程后就到了。

　　攀登格姆女神山目前只能坐索道，如果徒步登山距离太远了，四五个小时也走不下来。七十块大洋的索道钱还不算贵吧，毕竟要在缆车里坐半个多小时才能到达"山顶"。实际上也不能算是女神山的山顶，充其量也就是半山腰，只因这里有一处观景平台和一个女神洞比较出名。

　　我到格姆女神山比较早，时间不到九点，工作人员还在打扫卫生。当我把索道票交给她后，她说今天我是头一个上山的游客，然后让我在前面的台子上站好，"缆

车来了你顺势坐到缆车上就行。"

　　我按照她说的站到平台上，片刻光景，下一辆缆车就来了。

　　"还是这种原始的、四面透风的老式缆车啊？"我心里暗自嘀咕。

　　"赶紧坐下来。"工作人员大喊一声。

　　我着急忙慌地一屁股坐到缆车上，她顺势把缆车上方的铁质档杆放了下来。

　　"不要乱动，半个多小时就到了。"说完她就转身忙去了。而我，此刻犹如一只待宰的羔羊，已是别无退路，只能硬着头皮往上走了。

　　缆车索道我接触过好多次，像张家界的天门山索道，时间最长、跨度最大，也最陡峭，但人家是全封闭的呀！哪像这儿的缆车，敞篷式的。这可不是玩个滑雪，坐小升降机那么简单，而是海拔三千多米的高山，不是闹着玩的，这样的"敞篷跑车"我是真消受不起。

## 27. 许愿风铃的祝福

　　缆车在钢筋铁锁的拽动下缓缓地升了起来，向着格姆女神山的山顶驶去。坐在缆车里，只觉得耳畔生风，脚下的树木、房屋变得越来越小，而前方的格姆女神山却越来越清晰。可以清楚地看到山上繁茂的苍松翠柏，和嬉戏打闹的猴群。

　　身后的泸沽湖在缆车不断的升高中渐行渐远，羞涩地展现出全貌。

　　"好美啊！"我情不自禁地赞叹着。

　　在碧蓝天空的映衬下，泸沽湖的湖面如同一面镜子，也呈现出与天空一

般的色彩，远处的狗钻洞山、湖中心的里务比岛都清晰可见。此时，太阳已经完全升起来了，晶莹剔透的湖水反射着白光，耀眼夺目，显出一丝的神秘色彩。

我一不恐高，二来胆子也不小，但在这敞篷缆车里却真有点害怕了，两手紧紧地抓住护栏，盼望着早些到达山顶。

漫长而饱受煎熬的三十分钟后，终于抵达山顶。在缆车到达索道终点的一刹那，工作人员还给我抢拍了一张照片，表情极度不自然，当时太紧张了。

从索道出口到达山顶的女神洞需要走十多分钟的木制台阶，好在这些台阶有护栏和顶棚的保护，让人觉得安全了许多。

山顶是一个不大的观景平台，可以欣赏泸沽湖全貌。平台上方搭着顶棚，密密麻麻地挂满了小斗笠状的许愿风铃，在微风的吹拂下，发出清脆悦耳的声音。

旁边一块木质牌匾上，工整的楷书这样记载着：

许愿风铃源于六百年前茶马古道上的马帮，铃声给我们带来了吉祥和平安，带来了女神的祝福。对女神许下你们的心愿吧：这是一个叫天天答应，叫地地答应的地方，愿女神保佑你们！

是啊，虔诚的摩梭人世世代代信奉着格姆女神，在她的庇护与保佑下，幸福快乐地生活。

今天我有幸来到美丽的泸沽湖，登上神圣的女神山，也应该挂上一串属于自己的许愿风铃，祝福自己全家平安、幸福。

从工作人员那里花五十元买了一串大的许愿风铃，写上自己的祝福，用竹竿挑着悬挂在观景平台的正上方。

在观景平台的尽头，就是女神洞，一个很大的石灰岩溶洞。摩梭人称其为"格姆尼可洞"，意为女神居住的地方。这个洞也是当地人常来朝拜的地方，洞口挂满彩色经幡，洞内空旷，岔道颇多，洞中套洞，宛如迷宫，洞内的钟乳石奇形怪状，更有一个摩梭人世世代代顶礼膜拜的女神像，大家可以去参拜一下。

## 28. 扎美寺的感动

从格姆女神山下来后，我马不停蹄地赶往永宁，去今天的第二个目的地——扎美寺。电动车的速度毕竟有限，这段十几公里的路程感觉走了好久。前半段全是盘山路，两侧巍峨的大山中间夹着一条不是很宽的柏油路，部分路段还在修缮中。大车过后路面尘土飞扬，很是不好走。

绕出大山后是一处平坦开阔的地界，许多马、猪、鸡被放养着，给人的感觉好像到了草原一样。远处的格姆女神山此时是以背面示人，远远望去，好似一头怒吼的雄狮，矫健的身躯、高昂的狮头、伸展的前爪，惟妙惟肖，仿佛被雕塑家精雕细琢过一般。

在狮子山的下方，是一片广袤的水域，湖面波澜不惊，成百上千只白色、灰色、黑色的野鸭和叫不上名字的水鸟栖息在这里，吱吱呀呀的声音，虽然离着很远，但依旧能听见。

我一心想找扎美寺，无暇近前细看，仍继续驱车向北驶去。再往北不远，也就骑了十多分钟，就到达了永宁。

永宁是个很小的县城，只有一条主干街道，由于时值中午，两旁的小饭店熙熙攘攘，很是热闹。

扎美寺坐落在永宁县东面，比较好找，在向北拐了一个弯儿后，我就来到寺庙正门前。冷清的寺庙外空无一人，两尊宏伟气派的石狮守卫左右，中间两层楼高的大门上悬挂着黑色牌匾，上写"扎美寺"三个烫金大字。颜色艳丽的红漆黄瓦在正午阳光的照射下，更显熠熠生辉。

寺庙没有我想象中大（可能是我去的大寺院比较多吧），三层院落错落有致，经堂、正殿、侧殿都在装修，院里堆放着装修用的木料。两侧门廊里立有数十个转经筒，精美的彩绘图案很是漂亮。

我边走边看，不知不觉来到最里层院落，只见三五个喇嘛和工人正蹲坐在院子里烤火，炉架上烤着几个花卷和肉肠。他们见到我，很友好地打着招呼。

"师傅，这里在装修啊？"我问着。

"是啊。"一个三十岁左右的喇嘛回答道。

"我们那里有大昭寺，也信奉藏传佛教。"我说。

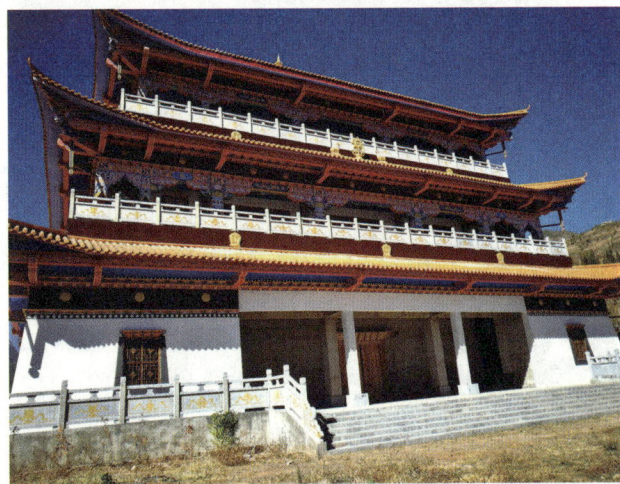

　　"你是来自哪里？"中年喇嘛问。

　　"内蒙古呼和浩特。"我回答。

　　"哦，我知道，我们的活佛去过那里。"

　　"是嘛，距离可不近啊。"

　　"你也来吃。"他指着烤架上的花卷和肉肠对我说。

　　"不了，谢谢！"我客气道。

　　"别客气，吃嘛。"他很是热情，说着就把花卷递了过来，同时还给了我一块肉肠。

　　盛情难却，我赶紧接在手里，和他们一样大口地吃了起来。

　　我跑了一上午，是真的饿了，这花卷和肉肠吃起来格外香。

　　正午的阳光透过扎美寺宏伟的大殿温暖地洒在我们每一个人身上，暖暖的，如同慈父温暖的双手。

　　我看着火堆旁的一张张黝黑、质朴的面庞，心里生出一种莫名的感动。

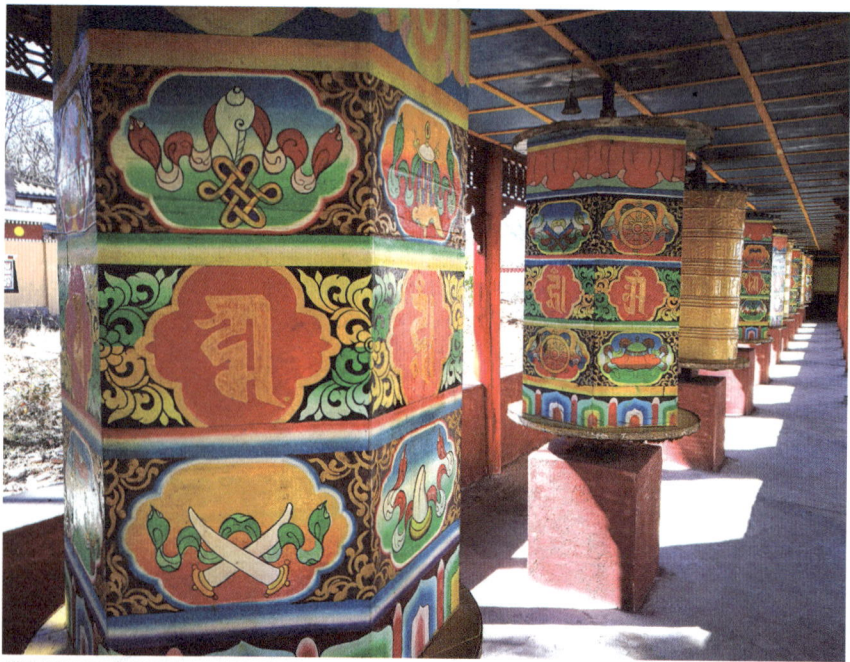

## 29. 扎美寺的历史

永宁扎美寺由明代噶玛巴活佛始建，原属噶举派寺院。相传白教祖师噶玛巴巡视西康，途经永宁，得知寺之所在地摩梭语称为"扎美戈"，音译恰巧是藏语"和平"之意，便决定在此建寺。

寺庙于清雍正年间扩建，改宗格鲁派（黄教）寺院。与丽江古城附近接受纳西人改良的喇嘛庙不同，这座寺院和我们常见的藏传佛教寺院基本相同：幽暗的大殿、层层叠叠的酥油灯、神秘的彩塑和经幢。但是这里还供奉了格姆女神，顽强地显示了摩梭人的特色。偏殿内四面墙壁上绘有六幅壁画，与四川藏区的壁画相同，未受汉地佛教和道教壁画的影响。这里原有僧侣七百余人，均为摩梭和普米族。该寺在"文化大革命"中被毁坏，仅存一个偏殿。

1986年，由当地宗教人士集资，国家适当补助，按原样重修正殿。现基本修复，有僧侣百余人。

元代，藏传佛教（即喇嘛教）传入泸沽湖地区，由于政教合一的统治，摩梭人除了信仰本土的达巴教外，又信仰喇嘛教，形成了两种宗教共存的现象。因藏传佛教有着更严密的教义，所以也更深地影响着摩梭人的生活。凡有祭祀、礼仪都要请达巴、喇嘛念经作法。

永宁扎美寺平时只有一两个守寺喇嘛，其他喇嘛都各自在家里生活，进行晨读晚祷，也参与劳动，到了大法会之日，才自带干粮行李，盛装汇集到寺里举行法会。举行法会时，数百名喇嘛身披袈裟，头戴黄色鸡冠帽，集在一起举行仪式，蔚为壮观。

神秘的仪式、奇特的法具让人大开眼界。这样的喇嘛大集会一年有四次：农历正月初三至初九的咪洛其模会，初七是特别隆重的跳神；农历三月中旬举行的措区会；农历六至七月举行的历时四十五天的亚能会；农历十月二十五日举行的祭宗喀巴的甘丹安区会。

一 扎 美 寺 的 历 史 一

# 30.约瑟夫·洛克与阿云山的故事（上）

　　那逝去的一幕幕重现在眼前：那么多美轮美奂的自然景观，那么多不可思议的奇妙森林和鲜花，那些友好的部落，那些风雨跋涉的年月和那些伴随我走过的漫漫旅途，结下了深厚友谊的纳西朋友，都将永远铭记在我一生最幸福的回忆中。

——约瑟夫·洛克

　　约瑟夫·洛克（1884—1962），美国人类学家、植物学家、纳西文化研究家。他生于奥地利维也纳，自幼从母学匈牙利语。1897年开始自习汉文，1902年大学预科毕业，开始漫游欧洲和北非。1906年至美国，1913年入美国国籍，1919年为夏威夷学院植物学教授。从1922年起，曾六次到中国，深入滇、川、康一带活动。

　　1922—1924年，他第一次到中国，由曼谷到丽江，进入四川西南角木里，途经纳西、彝、藏地区。回国时，携走八万件植物标本以及文物文献。1924—1932年到川、甘、滇以及青海等地区。三次在岷山和阿尼玛卿山之间山谷河谷地带拍摄资源照片，测绘地形地图，搜集实物标本以及文物资料。自1929年起以较多时间和精力研究纳西族东巴仪式、经文、历史、语言、文化和文献资料。1943年第四次离华时，带走全部文物文献。1945年哈佛大学以重金买下其东巴经书。1949年第六次离华后，为出版其巨著《纳西语英语百科辞典》，卖给意大利罗马东方学研究所两千多卷东巴经书。后联邦德国总理康拉德·阿登纳指令西柏林国立图书馆以高价悉数购入，并聘洛克编纂目录五卷。1962年病逝檀香山。

阿云山（1871—1933），滇川藏地区著名的摩梭政治人物，其杰出的管理能力和外交才能，赢得摩梭内外民众的信赖。在他执政总管府期间，没落中的土司府空有其表，永宁地区的一切政治、武装、宗教权力都掌握在他手里。他成为历史上杰出的摩梭统治者，功德政绩被摩梭人广为传颂。

黑娃俄岛（洛克岛）位于泸沽湖西北半湖的中央、里务比岛的西北侧，又称土司岛、奈络普、黑瓦俄岛、谢瓦俄岛，纳西语称恒瓦古。岛上葱郁的树林是蛇与野鸭的天堂，因为夏季雨后岛上出来晒太阳的蛇特别多，所以当地人多称此岛为蛇岛。

约瑟夫·洛克在此整整住过八年。他实地考察走访、采集标本，与摩梭人的关系非常好。摩梭人对这位已故的异国朋友有深厚的感情，所以该岛在民间又有洛克岛之称。

岛中央的峰顶处有一个玛尼堆，是黑娃俄岛的标志之一。玛尼堆四周的经幡已被风雨洗刷得褪了色。岛上长满了茂密的植物，最高大的一棵树是洛克于二十世纪二十年代初期栽下的，如今为泸沽湖一级保护植物。

该岛距离湖岸两千多米，远看疑是海市蜃楼。早在明朝时期，丽江土司统治永宁区域时，就有人居住。黑娃俄岛在历史上是具有军事价值的一个岛屿。因为它在湖的中心，在步枪的射程以外；它高三十多米，周围筑有围墙和有炮眼的瞭望塔，可防卫来犯盗匪的袭击。

永宁土司府总管阿云山，于二十世纪初在岛上修建了别墅和房屋，之后这里便成为四方宾客荟萃游览和土司府议事的中心。

多年后，阿云山因病去世，热闹喧闹的小岛逐渐沉寂凋零。现今，岛上别墅仅存遗迹，但有由大落水村村民集资修建的寺庙，总管的别墅也被列入修复计划。

一 个 人 的 旅 程

# 31. 约瑟夫．洛克与阿云山的故事（下）

### 生死之交

他一到永宁，就被泸沽湖的绝美风景所震撼，并陶醉地发出了此景只应天上有的感慨！是夜，土司府的松明灯火亮如白昼，阿云山总管以摩梭人最高的礼节招待了洋人贵客，洛克被摩梭人的热情深深感动。

1928 年开春时节，洛克有幸在阿云山的帮助下赴稻城探险。大队人马在稻城经历了近一个多月的探险生活后，于四月底回到永宁。然而洛克得到了从稻城土司方面传来的坏消息：当他离开后，当地突降大冰雹，砸死了许多牛羊，青稞被打，雀鸟被砸死……这般罕见的冰雹灾害，被稻城土司归罪于洛克，认为是这个白脸黄毛的洋人魔鬼冒犯、激怒了山神，才引发灾难，他

要砍下白脸黄毛魔鬼的头颅来祭祀山神。于是，稻城土司派一伙强人，向永宁进发，捉拿洛克，并扬言血洗永宁盆地……

阿云山得到这一消息后，连夜护送洛克离开永宁到三江口渡口，遣渡筏人用皮筏把洛克送到丽江境内。洛克被阿云山不顾被土匪报复、威胁，置自己生死于度外的义举所折服，两人从此成为莫逆之交。

### 承诺是金

1932 年，永宁茶马古道重镇闹瘟疫，夺取了许多人的性命。阿云山向洛克提出请求，让他想办法购买一种叫"盘尼西林"的药，这种药当时很珍贵。洛克带着阿云山的重托回到美国后，尽快返回中国的目的未能成行，美国政府组织人力绘制驼峰航线的地图，把洛克挽留下来。他投入忙碌的绘图工作中，但一直把阿云山的托付挂在心上，心急如焚。1936 年，终于等到驼峰航线指挥官陈纳德将军回到美国的消息，洛克把药品托陈纳德将军带到永宁。

那是洛克离开泸沽湖四年后十月的一天，永宁盆地晴空万里。承袭了总管职务的阿云山大儿子阿少云，和土司府里的所有人一起来到门前的草坪上。扎美寺的喇嘛吹着喇嘛号，敲着鼓钹，聚集土司府广场，思乡村寨的摩梭人，蜂拥般涌向土司广场。一堆堆篝火燃起浓浓烟雾，一阵"呜、呜"的飞机轰鸣声传来。人们喜悦地说："飞机来了，飞机来了！"飞机缓缓驶入永宁坝子上空，在人们沸腾的欢呼声里，空降下一朵朵鲜红的降落伞，药品落到了永宁土地上。这时阿云山已逝世三年，他没有见到挚友买回洋药铲除病魔的这一天。

### 情谊无价

1940年，日本偷袭珍珠港，太平洋战争爆发，迫使美国卷入第二次世界大战。洛克将耗时十八年跑遍丽江的村村寨寨，收集的东巴文物和调查研究资料托运回美国，但轮船遭到日本鱼雷的攻击，在一声剧烈爆炸声中沉于海底。洛克在美国闻听噩耗后，患上了脑溢血。

1942年洛克在夏威夷康复后，终于重新得到夏威夷大学的赞助。六月，他回到丽江，马不停蹄地来到久别的永宁。但迎接他的人群中，再也看不到阿云山了。

总管的墓址在黑娃俄岛上，也是洛克日思夜梦、流连不已的地方。他在老总管夫人永玛和新总管阿少云的陪伴下，前来祭拜。洛克在墓前声泪俱下地说："真是天地错位了，脑溢血没有把我送到天堂，我活着回来了，你却不等我走了，我失去了一个慈父般的挚友！"由于过度伤心，洛克精神恍惚，久久不能平静。他带着重逢的喜悦匆匆而来，但带着沉重的哀伤匆匆走了。从这以后，洛克与阿云山的深厚友谊，就永久定格在洛克的《古纳西王国》这一传世之作中。

（本节引自摩梭民俗博物馆馆藏故事）

THE ANCIENT
NA-KHI KINGDOM
OF SOUTHWEST CHINA
BY
JOSEPH F. ROCK

YUNNAN FINE ARTS PUBLISHING HOUSE

西方学者云南探险译丛

**中国西南古纳西王国**

[美] 约瑟夫·洛克 著
宣科 主编

云南美术出版社

## 32. 永宁坝下的远古回忆：蒙古族摩梭人的故事

有这么一群人，他们远离故乡近八百年，生活在中国的大西南，却依然用思乡的歌谣和达巴代代相传的经咒怀念着草原，怀念着故土。经年的风雨抹掉了他们对故乡的记忆，却抹不掉摩梭人心中一直追寻的草原情怀。

泸沽湖畔虽然没有奔驰的骏马、翱翔的雄鹰，但是蒙古族摩梭人把蒙古包低矮的三尺门帘镶嵌在了木刻楞房中。他们用自己的方式怀念着草原，在介绍自己的时候，总会骄傲地说："我是蒙古族摩梭人。"

摩梭人主要居住在泸沽湖周边（四川省凉山自治州盐源县与云南省丽江市宁蒗彝族自治县永宁乡之间，横跨川、滇两省），泸沽湖镇史称左所、喇塔。据不完全统计，人口约有七万。1984 年，泸沽湖云南省一侧的摩梭人被划归为纳西族，四川省一侧的被划归为蒙古族。另外，在云南省一侧还居住着一些未进行民族划分的族群，这部分人的身份证上民族一栏标注为摩梭人。

### "元跨革囊"的故事

1206 年（丙寅年），铁木真统一了大漠南北，建立了军事奴隶制的蒙古汗国。蒙古贵族采取先征服西南诸番，而后形成南北夹攻南宋的战略。为此，他们先征服大理。

1253 年，蒙古汗蒙哥派其弟忽必烈率军分兵三路，直指云南。中路由忽必烈亲自率领，南下过大渡河，西向金沙江，入丽江东部，再南攻大理。

同年九月，忽必烈率军到达金沙江西岸，命令将士杀死牛羊，塞其肛门，"令革囊以济"，做渡江之用（地点在现在的长江第一湾），渡江后入丽江，大败大理守军。

忽必烈所部途经云南建昌时，为建立川滇结合部而留下了喇塔阿塔带领的一支蒙古骑兵。元朝时期实行探兵赤马边民入户的政策，一批蒙古族官兵

"转业"到地方，开发民生，屯垦边疆。当时留居川滇边界的蒙古人达十四万之多，到公元1368年，元朝被推翻，这支骑兵无法返回北方草原，喇塔阿塔在建昌下传的三代中的第二代元平章月鲁贴木儿先降明军，后又反叛，战败后退入盐源县。明崇祯十二年（1639年）五月，固始汗（卫拉特部）率蒙古军南下，迅速击溃白利土司，并进一步南下向云南木天王（丽江木氏土司）领地进军，为了防止丽江木氏土司势力的北侵，固始汗之孙罕都一部留在了今木里、盐源一带屯边。

据此，蒙古军队的两次大规模南迁屯边使当地原住民（磨些部落、摩梭人）在语言及习俗上发生了显著变化，同时这部分屯边的蒙古军队也和当地原住民经过数百年的通婚，在语言和习俗上发展成为现在泸沽湖摩梭蒙古人独特的语言体系，即当地蒙古语。与北方蒙古语进行单词比对，很多词汇都是一致的，只是发音有差异。有些词汇属于古蒙古语，语音和北方蒙古语有差异，是多年的隔绝和封闭造成的。目前用当地蒙古语和北方的蒙古族同胞直接交流稍有困难。

据盐源县志记载："摩梭（摩梭）此族又称鞑子，当系鞑靼族，蒙古人也。"当地相传盐源五所（其中左所也称喇塔，现泸沽湖镇）皆为蒙古土司统治，左所土司喇宝臣（末代土司）在新中国成立后任左所区区长，在1957年受国家民委和内蒙古自治区的邀请，作为泸沽湖及凉山地区蒙古族代表参加了内蒙古自治区成立十周年庆典活动。随后又访问了蒙古国，参观团到霍林斯克地方下车进蒙古包，可以用四川的蒙古那日土语与当地的牧民直接对话。

走进摩梭人家，透过泸沽湖放眼北望，仿佛看到金戈铁马中忽必烈率十万大军南征的宏伟场面！经历了久远而神秘的迁徙，他们中的一部分最终留在了这大西南群山环抱的泸沽湖畔。

如今，泸沽湖畔的摩梭人仍明显保留有草原蒙古人的生活模式，祭拜着共同的先祖成吉思汗。他们的身体里依旧流淌着蒙古人那桀骜不驯、向往自由的血液，还有对草原家乡的眷恋之情。

此刻，站在永宁坝下的我，耳畔仿佛听到腾格尔老师那浑厚沧桑的歌声："我也是高原的孩子啊，心中有一首歌……河水传唱着祖先的祝福，保佑漂泊的孩子，找到回家的路……"

## 33.永宁坝的没落与里格的繁华

　　平坦空旷的永宁坝，早已不复往日马帮古道的繁华。初冬的田野上庄稼收割殆尽，杂草丛生，只有几匹马儿在悠闲地啃食着野草。远处平坦的湖面上波澜不惊，虽有成百上千的候鸟栖息在这里，但都只是静静地浮在水上，不仔细观察，也会被淹没在这广袤的平原里。背后的狮子山巍峨雄壮，千百年来不离不弃地守候在永宁坝的身旁。

　　回到里格已是下午两点多了。驻足湖畔，杨柳依依，清风拂面。碧蓝的泸沽湖轻波微荡，码头上停泊着五颜六色的猪槽船，宛如一片片凋零于湖面的落叶。在午后阳光的照耀下，本就清澈的泸沽湖水愈加透亮，将湖底翠绿的水草映照的格外清晰。

　　里格半岛上的临湖客栈，在这碧海蓝天的映衬下，愈发显得别致。坐在湖畔的摇椅上，酌一杯清茶，品一品人生，这才是生活。

# 34. 里格停车场的际遇

晚上要搬到大落水的汉庭酒店，我正在为找车发愁，不知不觉就来到了里格村的停车场。路边，一辆黑色的别克商务车停在那里，车窗打开着。司机是一个二十多岁的摩梭青年，黝黑的皮肤，质朴的脸庞。

"师傅，去大落水村吗？"我问着。

"去，几个人啊？"摩梭小伙答道。

"就我一个人。"我说。

"那你不合适啊，去那里得包车，至少也得六十。"他说道。

我知道里格到大落水没有多远，花六十块钱真有点冤，就问道："师傅，能再便宜点吗？"

摩梭小伙打量着我，笑着说："大哥，真的便宜不了了。"

正在这时，他的手机响了，我俩的交谈就此中断。

我有点不甘心，也没走，想着等他接完电话再和他讲讲价，如果价钱差不多就走了，反正我今天必须得到大落水（里格的房子都退了）。

"晚上的篝火晚会你们可别迟到啊，下午四点半就在停车场这里找我，车牌号是……"他对着电话说道。

我忽然灵机一动，想到一个两全其美的办法。等青年打完电话，我走到近前，笑着说："兄弟，我晚上也想参加篝火晚会，你能不能看完表演后把我拉到大落水那边的汉庭酒店啊？"

"没问题！"他爽快地回答。

"那篝火晚会都包括什么项目啊，多少钱一个人？"我问。

"一百块一个人，包括摩梭人家家访、下午茶、晚饭、篝火晚会，很划算的。"他说着。

我觉得还不错，心想：反正包车也得六十块，还不如参加这个半日游划算。

"我报名，参加今天晚上的篝火晚会。"我当机立断，冲着小伙儿说。

"那好，你下午四点半前来这边找我，记住我的车牌号。"

"师傅，我还有个行李箱。"我补充道。

"没事，到时候放在车上就好！"他回答。

晚上的行程有了着落，心里踏实了许多。一看表，现在才下午三点多，还有一个多钟头呢。

索性又回到里格码头，坐在岸边，一边吃着昨天从好人小吃买的苹果干，一边欣赏里格半岛的美景，等待夜幕的降临。

## 35. 摩梭人的祖母房

在里格一直闲逛到四点多，怕耽误晚上的行程，提早来到事先约定好的地点——里格停车场，远远就望见了提前等在这里的摩梭小伙儿。由于来得最早，所以我打过招呼后，特意选择坐到副驾的位置上。没过多久，其他游客也都陆陆续续到达了。

小伙儿见人都齐了，熟练地一脚油门，别克商务车一阵风似的蹿了出去，疾驰在环湖路上。

美丽的泸沽湖在略已西斜的太阳的映照下闪烁着银光，光彩夺目，妩媚动人。

此时车载 CD 里恰巧放着一首旋律优美的情歌，曲风婉转，余味悠长。我被这旋律和美景彻底感染，沉醉其中。

摩梭小伙看我陶醉的样子，笑呵呵地说："这首歌叫《次真拉姆》，是一首藏族歌曲。"

"真好听！"我回答。

回去一定把这首歌下载下来。我心里暗自想着。

"今晚的篝火晚会在哪里举行？"我问道。

"蒗放那边的一个村落。"摩梭小伙儿回答。

我可是在蒗放吕家村的萤火虫客栈住了两晚，对那片儿还算比较熟。我心里盘算着。

摩梭小伙轻车熟路，也就二十多分钟后，我们到了蒗放的一个小村寨里。

车子停在村中空地上，看着周围的木屋、农田，我依稀记起在泸沽湖的头一天傍晚，自己曾经到过这个村寨。

我们一行七人下了车，在摩梭小伙儿的带领下，来到一户门楼高大的摩梭人家门前。

　　这时，一个身着摩梭传统服饰的中年女人从院子里走了出来，面带笑容地和我们打招呼，并自我介绍说她是今天负责接待我们的导游，叫"卓玛"，也是这个村子的妇女主任。

　　在卓玛的带领下，我们进了院子。方正宽敞的院落有些类似北京的四合院，二层的木质小楼古色古香，透着浓郁的民族风。墙上悬挂着牛头饰品，还有一些动物标本。正南边是经堂，北边是花楼，西边是祖母房，东边是客房。

　　卓玛带着我们一头钻进西边的祖母房。之所以说"钻"，是因为祖母房的门是一个低矮的像窗户大小的正方形简易出口，而且门槛极高，进出时只能低头哈腰地钻进去。

　　摩梭人祖母房的房门如此特别，有两种说法：一种是，这样的房门让所有人在进门时必须弯腰低头，在无意之中就表达了对房间中供奉的神明的敬意；另一种是，鬼是不会弯腰低头的，并且走路时膝盖不会弯曲。这样的房门设计可以把鬼怪挡在外面，保护家人的平安。

　　祖母房顶棚很高，光照很少，在头顶大瓦数电灯泡的照射下才稍显明亮。火塘、饭厅、卧室、客厅，多种功能全都集中在这样一间不足二十平方米的屋里，利用率也是蛮高的。

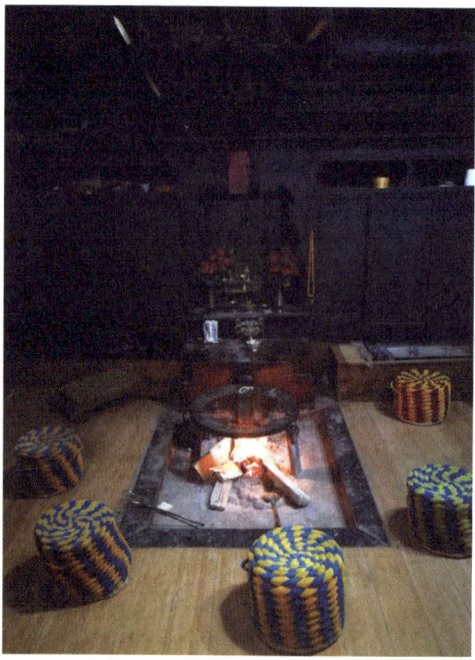

　　火塘在屋里的位置最醒目，圆形的铁架下生着炭火，四周摆放着坐垫，家中所有重要仪式和聚会都会在火塘前进行，并且要按照男左女右的位置分开入座。正中的柜子是祭神台，上面供奉着火神和佛祖，并摆放着一些祭品。摩梭人信仰的是藏传佛教，家家设经堂，祭佛祖。

　　火是摩梭人崇敬祭拜的神灵，代表着家族命脉的火是不能熄灭的。摩梭人出生在火塘边，生活在火塘边，最后也是在火塘边离开这个世界，所以火塘对摩梭人来说就是生命中的全部。火塘的传承靠家族的母系代代相传，带给摩梭人光明、希望和温暖。

　　在火塘旁边的就是祖母床。祖母床比普通的床要高一些，因为床下会放置大的储物箱，里面的东西相当贵重，那就是整个家庭每年所有的积蓄，自然是由老祖母掌管。

　　摩梭人勤劳善良，会靠自己的双手去谋生，不会享受祖母留下的遗产。当老祖母过世后，储物箱里的全部积蓄都会被捐给当地学校用来改善教育，而留给子孙的，只有这套房子。

　　在祖母房的正中间有两根柱子（以面对房门为准），右手为女柱，左手为男柱，象征着家庭由男女共同承担。两根柱子必须是同一棵树，女柱选择根部，男柱选择梢部，象征女性维护家庭的稳固，而男性负责家庭的兴旺发展、开枝散叶。在一个摩梭人长到十三岁举行成人礼的时候，男女分别站在对应的柱子下面接受亲友的祝贺和教导，从此肩负起家庭的责任。

　　祖母房里还有一道暗门，平时都紧锁着。当摩梭家庭有人去世之后，会把这个人清洁干净，用白布包裹成胎儿的形状，埋在门后的地下。待喇嘛确定葬礼的日期，再把死者抬到火葬场火化。

　　我看着眼前这间略显拥挤，条件简陋的祖母房，脑海中浮现出摩梭人一家老小在老祖母的带领下围坐在火塘边，其乐融融的生活画面，不禁唏嘘。

　　什么是幸福？

　　亲情，简单，朴实，快乐……

## 36. 摩梭特色饮食与"甲搓"篝火晚会

我报的半日游包括下午茶和晚上的正餐。

在祖母房里刚坐下不久,这家的主人就热情地端来了下午茶,包括荞麦饼、蒸土豆和烤鸡,还有摩梭人喜爱的苏里玛酒和咣当酒。荞麦饼还不错,口感微甜,和玉米饼类似。蒸土豆和烤鸡块的味道就很一般了,想着晚上还有正餐,大家都有所保留,只是象征性地尝了尝。

卓玛指着桌上的两壶酒给大家介绍,"这个叫苏里玛酒,度数较低,大概八九度,适合女士饮用。"

她又拿起另一个酒壶说,"这个是咣当酒,度数相对较高,三十五到四十度,适合男士饮用。"

压根对酒不来电的我自然选择了前者,倒在纸杯里尝了一小口,感觉和白酒没什么区别,只是度数低些罢了。

简单的下午茶过后,卓玛把我们带到另外一间屋里,一进门,只见一张长条桌上盖着一块白布,下面鼓鼓囊囊的不知是什么。卓玛指着火塘旁的木凳对大家说:"大家都坐下吧。"

我们一行七人围坐在火塘边,听卓玛介绍摩梭人的风俗习惯、宗教信仰等。她讲得很是熟练,大家都认真地听着。

最后,卓玛重点介绍起摩梭著名的银饰,并掀起桌

上的白布。原来在白布的下面，摆放的是满满一桌子银饰，银梳子、银手镯、银吊坠、银筷子、银腰带……

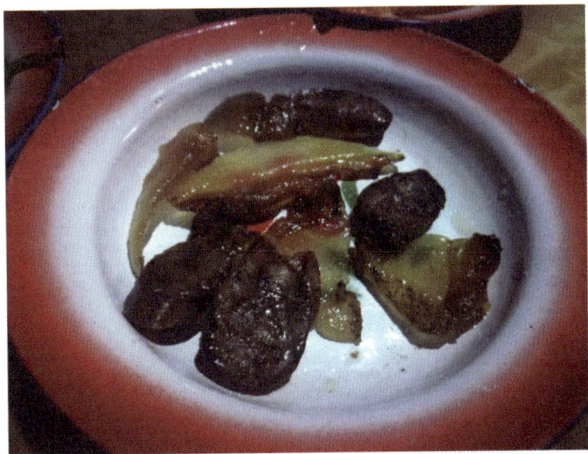

我实在不感兴趣，就跑到院子里透气去了。

此时的太阳已经落山，夜幕笼罩下的摩梭人家逐渐恢复了宁静。遥远的泸沽湖畔、淳朴的摩梭村寨，身在他乡的我不禁生出一股思乡之情。

过了好久，那几个游客才满载而归地从屋里走了出来。

卓玛又把我们带回祖母屋，到了晚餐时间了。

这顿饭算是在泸沽湖吃到的比较正规的摩梭家常饭，主要有猪膘肉、腊肠、豆腐洋芋鱼煲、洋芋鸡煲、土豆丝、蒜苗鸡肉等，主食是米饭。

大家都饿了，端起碗来大口地吃着，即便味道真心一般。只有腊肠还不错，和张家界的土家腊肠相似。

晚饭过后，我们七人被带到一处很大的院落里，进来时已经有十多名游客在了。

在院落的正中央，一堆篝火正熊熊地燃烧着，二十多个身着传统服饰的摩梭男女正手牵着手，肩并着肩，围绕着火堆载歌载舞。一位年长的摩梭老者在火堆旁吹奏着笛子，欢快的曲子让人情不自禁地就想加入其中。

这就是传说中的甲搓舞。

甲搓舞摩梭语意为"美好时辰的舞蹈"。在四川盐源县泸沽湖镇的木垮、多舍、博树、舍垮等十七个母系氏族部落，以及云南的永宁、拉伯等数十个摩梭母系村落广泛流传。

相传甲搓舞是由七十二种曲调和七十二种舞蹈组成，完整流传至今的还有搓德、了搓优、格姆搓、阿什撒尔搓、卧曹甲莫母等十余种。

摩梭人但凡祭庆典礼、红白喜事、逢年过节、庆贺丰收、祈祷神灵，或男女青年相聚，都会跳甲搓舞。

甲搓舞充分展示了摩梭人热爱生活、崇尚美好的天性，又是摩梭青年男女表达情爱，建立阿夏走婚关系的重要媒介。

听卓玛刚介绍过，只要男女双方允许在对方手心互挠三下，就表示相互钟情，可以开开心心地推起花房窗，爬上情人堡，共度今宵了。

当然，现在摩梭人的走婚习俗已逐渐被现代婚姻观念所取代，真正走婚的摩梭人已经越来越少。

就在这欢快的乐曲声中，美妙的甲搓舞下，我们结束了这一天美好而充实的旅程。

## 37. 汉庭酒店的温暖与大落水码头的黎明

　　篝火晚会结束时已是晚上九点，摩梭小伙载着我们回到各自的客栈。我住在大落水村的汉庭酒店。当初做泸沽湖攻略时不知道当地有汉庭，后来才发现在泸沽湖的大落水村，竟然也有汉庭，没办法退了，索性也就如此了（丽江和大理也都有汉庭酒店，但如果想体验原汁原味的民族风情，最好还是住客栈）。

　　汉庭酒店比当地客栈好的一点就是房间都是地暖，屋里非常暖和，晚上睡觉也不用再盖电热毯了。要知道头几天睡客栈屋里没有暖气，夜里冻得让

人实在受不了，我也因此对南方人的抗冻能力深表敬佩。这一晚可以说是我来泸沽湖这五六天睡得最舒服的一晚。

第二天一睁眼已是早晨七点，对冬天的泸沽湖来说，天才蒙蒙亮。

大落水村位于泸沽湖西南，是湖畔最大的村落，也是看日出的绝佳之地。已有三三两两的游客徘徊湖边，拿着"长枪短炮"占据有利地形，等待太阳升起的瞬间。

成群的红嘴鸥翱翔在湖面之上，觅食、嬉戏，还不时地发出"吱吱"的叫声。几只流浪狗也钻在游人当中，它们会用祈求的眼神注视着你，希望得到一份食物。

太阳就这样在众生的热切期盼中缓缓露出了笑脸，和平日里一般模样。

此刻，深蓝色的泸沽湖水如同画家笔下的调色板，奇妙地变换着色彩；又如同一只蚕蛹，经历着破茧成蝶的华丽蜕变。

顷刻间，整个湖面都被照亮了，泸沽湖仿佛被掀去了神秘面纱，瞬间展露出倾国倾城的芳容。

## 38. 摩梭民俗博物馆中感受"走婚"习俗

看完日出，从码头出来，行走在大落水的小街道上，路旁的小店一家挨着一家，热闹非凡。饭馆、客栈、工艺品小店，家家开张，户户营业，让你错以为置身于某座古城之中。但不远处清澈湛蓝的泸沽湖水，又会将你拉回现实。

找一家干净的饭馆，要了一碗米粥、两个包子，慢慢地吃了起来，盘算着接下来的行程。

离中午的航班时间还早，应该再找个地方溜达溜达。现在有两种方案：一是在大落水码头包船去里务比岛；二是去大落水村里的摩梭民俗博物馆。考虑到时间关系，还是选择了第二种方案——摩梭民俗博物馆。结账时特意向老板问清了具体位置，就大步的出发了。

大落水村的摩梭民俗博物馆是一家私人博物馆，二十块的门票不算便宜，但展品还值得一看（在泸沽湖共有两家民俗博物馆，一家是公立的,更大一些,

位于四川泸沽湖境内，走婚桥北侧；另一家就是大落水的这家私人博物馆）。

一个二十出头的摩梭小伙作为讲解员，接待了我。院子和我昨天下午摩梭家访时去的院落格局相同，木质的二层小楼，方正的四合院落，典型的摩梭建筑风格。

摩梭小伙指着二层小楼上方敞开的一个四方形小窗对我说，这就是"阿注"走婚时爬的花房窗户。

我抬头向上看，这个小窗足以容下一个人爬过去，但距离地面有三米多高，要想爬上去真不是件容易事。

摩梭小伙接着详细讲起了摩梭人的"走婚"习俗。

摩梭人是母系社会，除了少数家庭要增加劳动人口而娶妻或招婿外，基本没有结婚制度。走婚就是情投意合的男女通过男到女家走婚，维持感情与生养下一代的方式。由于母系社会中由女性当家，因此所生下的小孩由女方家生养，生父会在满月时公开举办宴席，承认彼此的血缘关系，避免发生同父乱伦。男性称女情人为"阿夏"，女性称男情人为"阿注"。白天，男女很少单独相处，只在聚会上以舞蹈、歌唱的方式对意中人表达心意。男子若是对女子倾心的话，在日间约好后，会在半夜的时候爬上女子的花楼（摩梭成年女性的房间，独立于祖母屋即"家屋"外）。传统上会骑马前往，但不能从正门进入，而要爬窗，再把帽子之类的物品挂在门外，表示两人正在约会，叫其他人不要打扰。在天不亮的时候就必须离开，这时可走正门。若于天亮或女方家长辈起床后才离开，会被视为无礼。

走婚的男女，维系关系的要素是爱情，没有经济联系，一旦发生感情转淡或发现性格不合，随时可以切断关系。因此感情自由度较婚姻关系更纯粹，也因此而使得男女关系较为平等。

摩梭小伙讲解完说："剩下的展品你可以自己慢慢看。"

我赶忙表达了谢意，然后慢慢逛了起来（本书许多素材都来自于这家摩梭民俗博物馆）。

## 39. 返程大巴上感悟突然的自我（完结篇）

　　逛完摩梭民俗博物馆时间刚刚好，回到汉庭酒店收拾行李，退房。

　　开往宁蒗机场的大巴恰好停在酒店院里。我早早上车，选了一个靠窗的位置，想回程时再一睹泸沽湖的风采。

　　不一会儿，车上又上来几个赶航班的游客，司机师傅倒也守时，十点整准时出发。

　　大巴车行驶在崎岖的盘山公路上，美丽的泸沽湖透过车窗，以不同的角度示人，展现着她的美貌与身姿。

　　大巴车的喇叭里播放着伍佰的《突然的自我》，熟悉的旋律、耐人寻味的歌词，我的心也随着伍佰的每一句演唱，激荡起伏，久久难以平静。

　　再会了，美丽的泸沽湖。

　　再会了，神秘的女儿国。

　　　晴雨难测，道路是脚步多
　　　我已习惯，你突然间的自我
　　　挥挥洒洒，将自然看通透
　　　那就不要留，时光一过不再有
　　　你远眺的天空，挂更多的彩虹
　　　我会紧紧地，将你豪情放在心头
　　　在寒冬时候，就回忆你温柔
　　　把开怀填进我的心扉

伤心也是带着微笑的眼泪

数不尽相逢，等不完守候

如果仅有此生，又何用待从头

那就不要留，时光一过不再有

你远眺的天空，挂更多的彩虹

我会紧紧的，将你豪情放在心头

在寒冬时候，就回忆你温柔

把开怀填进我的心扉

伤心也是带着微笑的眼泪

数不尽相逢，等不完守候

如果仅有此生，又何用待从头……

第二篇　记忆中的那抹金黄——童话小镇腾冲

# 腾冲主要景点分布图

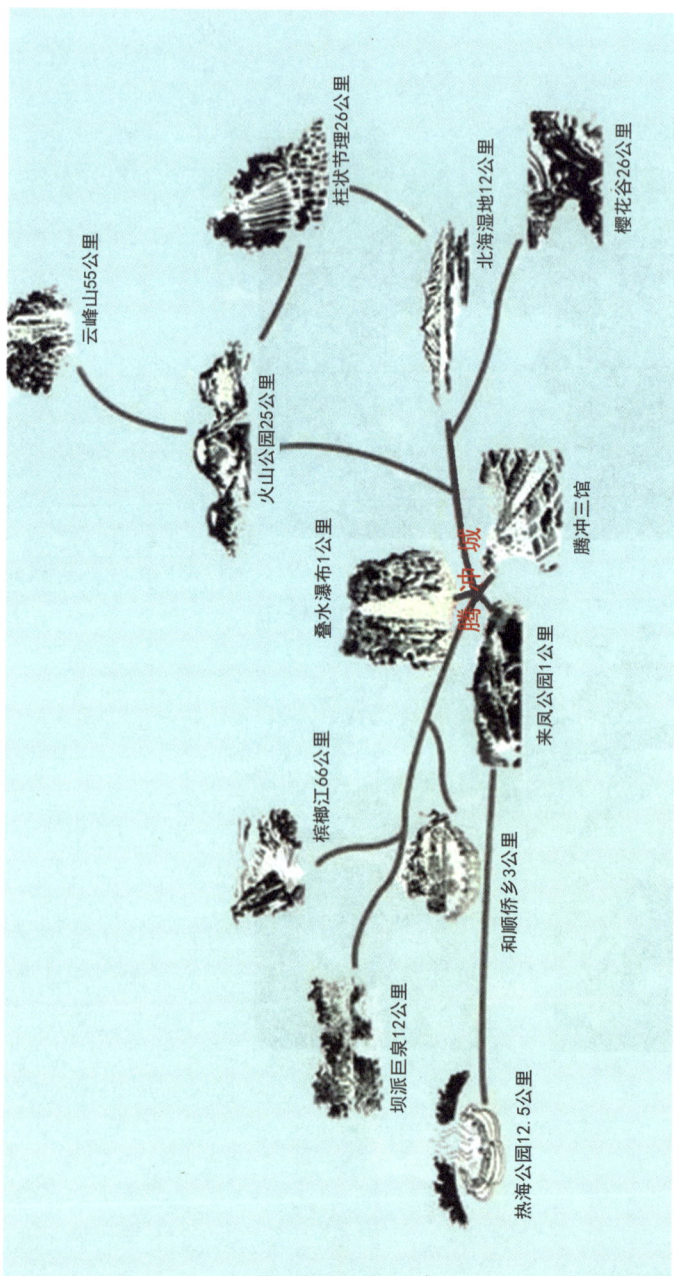

云峰山55公里

桂状节理26公里

北海湿地12公里

樱花谷26公里

火山公园25公里

叠水瀑布1公里

腾冲城

腾冲三馆

槟榔江66公里

来凤公园1公里

和顺侨乡3公里

坝派巨泉12公里

热海公园12.5公里

# 腾冲行程攻略

（11月29日至12月4日）

祥鹏航空 8L9857 昆明长水机场 6：30——腾冲驼峰机场 07：40

从驼峰机场打车到和顺古镇，17.2 公里，30 分钟，40 元

## Day 1 11月29日

行程：上午徒步去野鸭湖、龙潭、元龙阁、艾思奇故居，下午打车去叠水河瀑布，游览叠水河瀑布、滇缅抗战纪念馆、国殇墓园，打车回和顺，傍晚在和顺田园观白鹭、赏日落。

景点：野鸭湖（8：30-9：00），龙潭（9：00-9：30），元龙阁（9：30-10：00），艾思奇故居（10：00-10：30），叠水河瀑布（11：30-13：00），滇缅抗战纪念馆（13：30-14：30），国殇墓园（14：30-15：30），和顺田园观白鹭（16：00-17：00），赏日落（17：00-18：00）

入住：和顺腾冲春暖花开云尚精品客栈

## Day 2 11月30日

行程：包车一天 300 元，上午去樱花谷，下午游览青海和北海湿地。

景点：樱花谷（8：30-13：30），青海（13：30-14：00），北海湿地（14：30-16：30）

入住：和顺腾冲春暖花开云尚精品客栈

**Day 3　12月1日**

行程：上午徒步游览中天寺、千手观音古樟树群，打车去热海，游览热海大滚锅，下午热海浴谷温泉，晚上坐车回后山村。

景点：中天寺（8：30-9：00），千手观音古樟树群（9：00-9：30），热海大滚锅（10：00-12：00），浴谷温泉（12：00-17：00）

入住：后山村农家院

**Day 4　12月2日**

行程：赏后山村晨景，上午包车去云峰山，游览云峰山，下午去银杏村，晚入住银杏村。

景点：后山村晨景（7：00-8：00），云峰山（9：30-14：30），银杏村陈家寨（16：00-17：30）

入住：银杏村极边客栈

**Day 5　12 月 3 日**

行程：早晨银杏村陈家寨，上午搬家至国萍农家乐，中午游览坝心村，下午银杏王、叠水河瀑布、千绝林，晚入住银杏村国萍农家乐。

景点：陈家寨晨景（7：00-8：00），坝心村（9：30-11：30），银杏王（14：00-14：30），叠水河瀑布（14：30-15：00），千绝林（15：00-15：30）

入住：银杏村国萍农家乐

地址：固东镇江东银杏村陈家寨中寨

**Day 6　12 月 4 日**

行程：包车半天（180 元），上午游览火山公园，乘坐热气球，去柱状节理、黑鱼河，下午去机场。

景点：火山公园（9：00-11：30），柱状节理（11：30-12：00），黑鱼河（12：00-13：30）

回程：昆明航空公司 KY8288，腾冲驼峰机场 15：05—昆明长水机场 16：20

## 1. 一个人的旅程

我独自一人拉着拉杆箱，踏上飞往昆明的漫长旅程。已经是第三次来昆明了，少了些许兴奋，多了几分熟悉，一切都在有条不紊地进行中。

航班经停太原，一对中年夫妇坐在我旁边。简单攀谈过后，得知他们是专程来昆明旅游的，很是羡慕。人到中年，夫妻和睦，游山玩水，何尝不是人生一大乐事呢？

望着窗外如棉絮般的云层在脚下舒缓滑过，如同流水的光阴，令我的心境也瞬间平和了许多。这几个月着实太忙，我早已身心俱疲、不堪重负。此刻在这苍穹之上，享受难得的安详。

半天的航行令人疲惫不已，一出机舱门，扑面而来的大风使我怀疑，这还是那个四季如春的昆明吗？

长水国际机场太大，下了飞机还得坐良久的摆渡车才能驶出机场的起降区。一位头发花白的年长女性怀抱着一个两三岁大的女童，坐在我身边。厚厚的棉衣将小女孩包裹得严严实实的，只露出一个小脑袋。她不停地左顾右盼，稚嫩的目光中写满好奇。那双大大的双眸乌黑闪亮，长长的睫毛向上翘起，扑扇扑扇的，好可爱啊。

"奶奶，飞机里有小鸡吗？我想和小鸡玩。"

小女孩天真的话语让大家不禁都笑出声来，使人们忘却了旅途劳顿，仿佛回到孩提时代。

## 2. 初识腾冲，邂逅和顺

　　清晨，迎着天边火红的朝霞，我们的飞机到达腾冲这座西南的边陲小镇。

　　由于独特的地理位置（距缅甸密支那两百公里，距印度雷多六百余公里，是通向南亚、东南亚的重要门户），腾冲自古便是兵家必争之地。西汉时称为滇越，大理国时期设腾冲府，明代还建造了石头城，号称"极边第一城"。抗日战争期间，与日寇在这里进行了惨烈的拉锯战。

　　下降时在飞机上俯瞰，满目此起彼伏的火山群，腾冲只是点缀其间的一小片灰白色瓦砾而已。不大的驼峰机场在黎明曙光的映衬下泛着一层红晕，愈发显得冷清与凄凉。当地出租车都不打表，四十元到县城，六十元到古镇。由于没找到拼车同行，我也只能任人宰割了。

在客栈老板交代好的和顺中心小学校门口，我匆匆下了车。十一月底的和顺早晚温差极大，清晨只有一两度，中午的气温却能达到二十多度。虽然穿着加绒登山服，我仍然冻得瑟瑟发抖。客栈老板因为送客人迟来了十多分钟，本来有一肚子埋怨，但老板忙前忙后地帮我拿行李，一路小跑为我指路，那种源自内心的真诚与朴实，让我只有满满的感动。是啊，人与人之间的相处实际就是如此的简单，多一丝真诚，多一丝理解，你会变得可爱至极的。

我订的这家客栈叫春暖花开，云尚精品。如其名，闻其面。朴实，素雅，小巧，隽秀。老板亲自下厨，一碗热乎乎的饵丝，一小碟酸甜可口的小菜，还有当地的特色小紫薯，没有多么丰盛，却舒心可口，一种回家的亲切感暖暖涌上心头……

## 3. 小城和顺

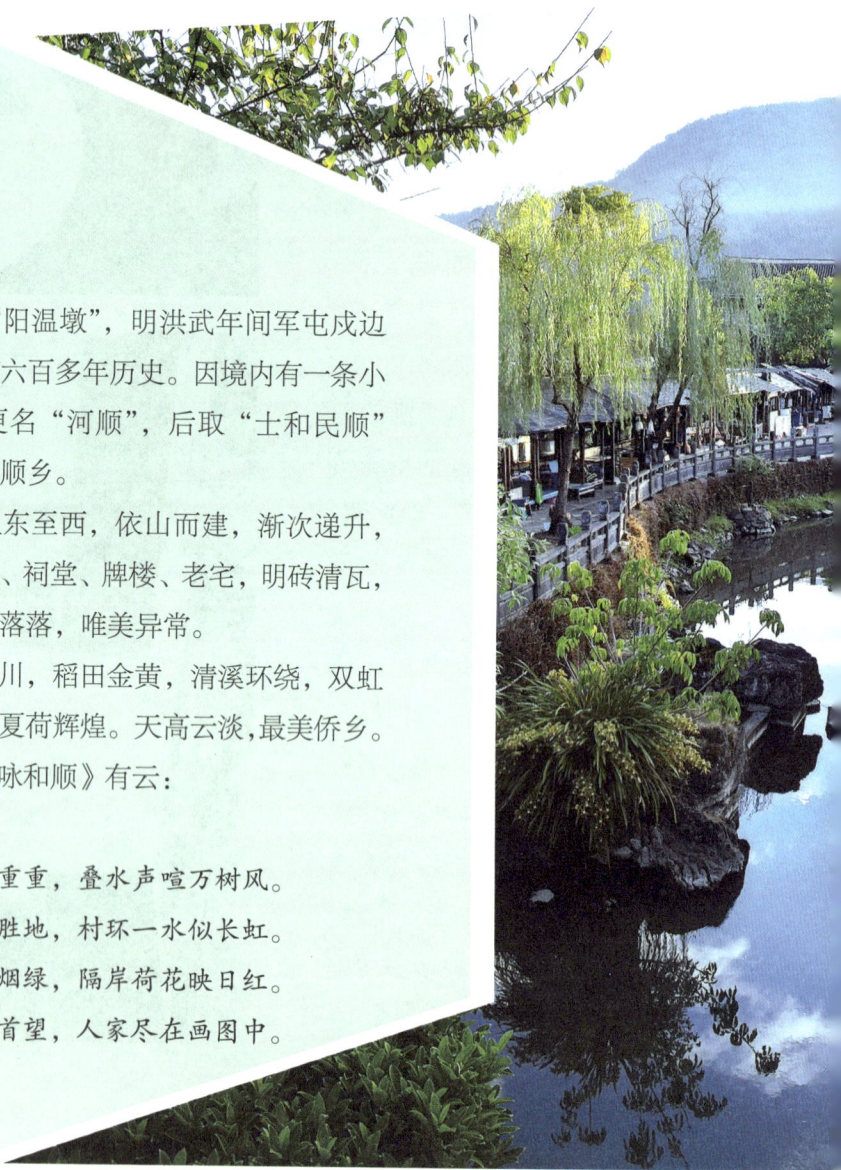

　　和顺古称"阳温墩"，明洪武年间军屯戍边而建，至今已有六百多年历史。因境内有一条小河绕村而过，更名"河顺"，后取"士和民顺"之意，雅化为和顺乡。

　　和顺古城从东至西，依山而建，渐次递升，绵延数里。古刹、祠堂、牌楼、老宅，明砖清瓦，古韵生香，疏疏落落，唯美异常。

　　乡前一马平川，稻田金黄，清溪环绕，双虹桥旁，古杉参天，夏荷辉煌。天高云淡，最美侨乡。

　　黄绮襄的《咏和顺》有云：

远山经雨翠重重，叠水声喧万树风。

路转双桥通胜地，村环一水似长虹。

短堤杨柳垂烟绿，隔岸荷花映日红。

行过坡坨回首望，人家尽在画图中。

## 4. 大胡子帅哥与春暖花开的故事

吃过早饭，我打算出去走走，客栈张老板很是热心，极力推荐我去野鸭湖和龙潭，并且亲自当向导，我自然求之不得。

一路上，他滔滔不绝地讲起了自己与和顺的故事。原来，三年前一次偶然的机会，他来和顺旅游，立刻就被这里的青山绿水、古韵古香所吸引。

随后，他毅然辞去了稳定的工作，在这里开起了客栈。当初，他可是三顾茅庐，才成功劝说房东大哥把地租给他。而后，他倾其所有，不惜重金，花了两年时间盖起这座"春暖花开，云尚精品"客栈。现在这座小客栈已经越来越步入正轨了。

　　这个一脸络腮胡的帅哥，时不时地发出那种痞痞的坏笑，为人却朴实勤劳，如同一个大男孩一般，很为他的魄力与执着所折服。

　　一报年龄，我俩竟然同岁，都属马，我月份比他大。我就改称他小张了。

　　小张说他每天早晨都会来元龙阁旁的黑龙潭锻炼身体，这里是和顺古镇最聚灵气的地方。果不其然，一来到这里，我就被这里背依青山、环抱碧水、道观清幽的环境所吸引。

## 5. 龙潭、元龙阁与艾思奇故居

和顺龙潭为地下泉涌形成，潭方数十亩，碧波荡漾，水体澄澈，游鱼可数，潭周边以精美石栏饰之，潭中石亭翘然，潭畔古木参天。

元龙阁临潭而建，阁身倒映潭中，如诗如画，为和顺侨乡一胜景。传说古时和顺有龙为患，和顺先民修潭敬龙，因此风调雨顺。

我和小张沿着石桥来到潭中心的凉亭。但见六角古亭古朴典雅，置身亭内，环顾四周，龙潭一池碧水清可着底，硕大的鲤鱼浮游其中。潭面雾气萦绕，飘飘摇摇，如仙似幻，灵气袭人。

潭对岸乃一道观，背依青山，面临碧水，灰瓦红柱，六角攒尖，此乃元龙阁。

元龙阁始建于清乾隆年间，有龙王殿、三官殿、玉皇殿、魁阁、观音殿、百尺楼等殿宇。现仍有道士在此修行。

艾思奇故居就位于环境清幽的龙潭池畔。艾思奇（1910—1966），原名李生萱，是我国现代著名的哲学家，也是毛主席的老师。他青年时代所写的《大众哲学》和《哲学与生活》两部著作，曾引导无数青年走上了革命道路。故居院内苍松翠柏，串楼同栏，小巧典雅，环境清幽。

## 6. 滇西抗战纪念馆、国殇墓园

在腾冲县城西南风景秀丽的来凤山脚下，气势如虹、波澜壮阔的叠水河旁，坐落着永久的纪念丰碑，滇西抗战纪念馆和国殇墓园。国殇墓园是腾冲人民为纪念在第二次世界大战期间，中国远征军第二十集团军抗日阵亡将士及死难民众而修建的一座烈士陵园。

在滇西抗战纪念馆里，陈列了大量的文物和照片，真实地再现了那一段鲜为人知的悲壮岁月。

### 铁血将军孙立人

孙立人，字抚民，号仲能，汉族，安徽省舒城县三河人，生于安徽省庐江县金牛镇。先后毕业于清华大学、美国弗吉尼亚军事学院。陆军二级上将军衔，第一次缅战时任三十八师师长，在孟关杰布山隘间战役毙敌两千

余人，孟拱河谷战役击毙日军一万两千余人，第二次入缅作战时任新一军军长，攻克八莫、南坎、老龙山、南巴卡、新维、腊戍、乔美等地，共击毙日军三万三千余人，是抗战中军级单位将领中歼灭日军最多的将领，有"丛林

之狐""东方隆美尔"的美称。

孙立人将军是中国远征军最出色的抗日将领之一，他以一个铁血军人的形象，在正面抗日战场上留下了难以磨灭的一页。

### 精忠报国戴安澜

戴安澜，原名戴炳阳，字衍功，自号海鸥，汉族，安徽省无为县仁泉乡（今洪巷乡）练溪社区风和自然村人。国军名将，黄埔系骨干之一。1926 年黄埔军校三期毕业。1942 年 5 月 26 日在缅甸茅邦村抗击日军的战斗中，戴安澜将军壮烈牺牲。

国殇墓园紧邻滇西抗战纪念馆，是中国境内规模最大、保存最为完整的抗战国军墓园。在墓园南侧的小土山上，苍松翠柏，绿树成荫，安放着三千三百四十六块包含国军和援华美军的墓碑，这些墓碑依山而建，错落有致，庄严肃穆。山顶建有远征军阵亡将士纪念塔。此刻，我默默地将一束鲜花摆放在纪念塔下方，驻足许久，不忍离去。

四周墓碑上那一个个锈迹斑驳的名字，无时不提醒着我，发生在七十多年前的那场浴血奋战，是何等惨烈、悲壮。那些为此献出宝贵生命的年轻烈士，就在这里，在国殇墓园，永远地沉睡了。

岁月安好，珍惜来之不易和平吧！

国殇墓园建造始末：

1942 年 5 月，日军侵犯滇西边境，怒江以西的大片国土落入敌手，中国抗战后方唯一的一条国际通道——滇缅公路被彻底截断。

1944 年 5 月，为了收复滇西失土，打通西南国际运输大动脉——滇缅公路，使盟国的援华物资顺利进入中国，最终取得抗日战争的胜利，中国远征军发起了滇西反攻。远征军右翼军第二十集团军以六个师的兵力（含远征

一 一 个 人 的 旅 程 一

军直属部队）强渡怒江，仰攻高黎贡山，血战南、北斋公房。接着又在盟军配合下，围攻腾冲城，于 1944 年 9 月 14 日将日寇全部歼灭，收复了抗战以来的第一座城池—腾冲。此次战役共歼灭日军六千余名，远征军官兵阵亡九千一百六十八名，盟军（美）官兵阵亡十九名。

1944 年 11 月 1 日，云贵监察使李根源至卫立煌电文中倡议为烈士建立陵园。16 日，成立"腾冲阵亡将士纪念建筑委员会"。二十集团军总司令霍揆彰为主任委员、云贵监察使李根源为副主任委员，集团少将高参孙啸凤负责具体工程监修。墓园选址由霍揆彰亲自勘定。

1945 年 1 月 2 日，霍揆彰主持召开纪念建筑委员会专门会议，筹集建筑资金。同月 12 日再次开会发动募捐。委员会共收到社会捐款七千五百万元（国币）。15 日，国殇墓园建设工程正式开工，于上午九点举行奠基仪式。

新中国成立后，县人民政府派专人驻守。

# 7. 气势如虹叠水河

从国殇墓园出来，已是中午时分，感觉肚子也咕咕叫了，就在路边随便找家小吃店，点一碗饵丝，一盘青菜，简单地吃了起来。腾冲12月的天气就如同小孩子的脸，早晨还是一两度的低温，到了中午，一下蹿升至二十度，这让依然穿着抓绒登山服的我猝不及防，热得大汗淋漓。在小吃店赶紧脱掉登山服，索性只剩下衬衫，倒也凉快。酒足饭饱，一问老板才知道，原来叠水河瀑布就在国殇墓园的西边不远处，步行五分钟左右。

叠水河瀑布发源于腾冲县东北部的大盈江，沿途众流汇合，水量渐丰。流至腾冲县城以西一公里处时，忽遇悬崖峭壁，大盈江水横空飞断，径直从四十六米的高岩上跌落，响声雷动，水花四溅，形成了"不用弓弹花自散"的壮丽景观。

顺着湿滑的石阶，我小心翼翼地下到了崖底，但见密林深处一泓巨柱从

天而降，声如钟磬，震耳欲聋。寻至近前，定睛细看，其状愈加令人生畏。瀑布从崖顶坠下，一泻千里，宛若一条白色长龙，盘旋凌厉，从天而降。

好一蛟龙，在空中翻腾数十米，一头扎于潭中，激起千层碧浪，水花四溅，水气升腾，令人难静双眸，心有余悸。

恰在此时，一缕阳光从崖顶抛洒下来，落于潭面之上，光线经水花折射，竟生成一弯彩虹，七彩光芒辉映交错，甚是壮观。

正是：

盈江水阔太极桥，叠水瀑布十丈遥。

声若钟磬白龙现，七色彩虹潭上照。

# 8. 的士上的意外收获

　　从叠水河瀑布出来，已是下午四点多，在路边招手打了一辆的士，准备返回古城。司机是一位四十岁出头的大姐，古铜的肤色显得很是健康。和她说明了我要去和顺古城的南门（我住的春暖花开客栈在南门附近），她说去南门得绕道，要四十块，北门相对较近，二十块就够了。我心想，北门就北门吧，一个小小的和顺，从南门走到北门还能有多远，顺便还能逛逛古城，就应允了。司机大姐颇为健谈，边开车边和我聊着。

　　"我在机场就见过你。"

　　"是吗？"我脑海中浮现出早晨刚到腾冲驼峰机场时的情景。

腾冲地处火山腹地，所以机场自然建在了山顶上，小小的机场候机室，门口排成长龙的的士流，没什么令我印象深的。

"当时你坐前边的一辆的士走的。"司机大姐解释。

"哦，那还真是有缘，今天又遇到了，还坐了你的车。"我笑呵呵地说。

忽然，我想起明天要去樱花谷，现在车还没着落，何不问问她？

"大姐，如果去樱花谷，得多少钱啊？"我问道。

"去樱花谷开车得一个多小时，全都是盘山路，现在又在修路，我这个车恐怕去不了。"

我失望至极，早晨刚到客栈时也问过老板小张，他说去樱花谷的路特别不好走，已经好久没听说有人去过了。

司机大姐看着我失望的表情，笑呵呵地继续说："如果你想去，我可以让我老公开车带你进去。"

"真的？"我高兴坏了。这次腾冲行，高黎贡山的樱花谷是我特别向往的地方，如果真的去不了，实在遗憾。

"不过那里荒山野岭，前不着村后不着店，如果你要去只能专程包车去，所以最好回去后再找几个同伴一起去，这样价钱比较合适。"

"好啊，回客栈我问问老板，有没有其他人愿意同行。那包车一天得多少钱？"我迫不及待地问。

"一般是一天三百，已经很便宜了。"

"好的，我晚上给你回话。"我说道。

"这是我老公的名片，你可以打这上边的电话直接和他联系。"

我一看，名片上写着"王师傅，提供包车服务"。

真是无心插柳柳成荫，谁能想到，我后几天的行程竟然全是和这个王师傅一起，后来我俩也成了朋友。

## 9. 和顺暮色美

一下出租车，我就被眼前的景色深深吸引：
农夫耕作忙，
稻田穗金黄。
亭下浣衣女，
碧影叠红装。
远山含烟绿，
玉带画中藏。
夕阳抹倩影，
白鹭齐飞翔。
最爱田园美，
极边数侨乡。

## 10. 意外的晚餐

　　正当我在田野里聚精会神地观察白鹭时，手机响了起来。客栈老板小张打来说，客栈里其他几个客人正打算一起出去吃晚饭，问我去不去。我想反正自己也是孤零零一个人，不如跟大家一起热闹，就同意了。

　　放下电话，赶紧回客栈。这时，西边的红云映红了天际，加之华灯初上，和顺古镇笼罩在了一片红晕中。

　　回到客栈，大家已等我多时，我有些不好意思地冲大伙笑笑。

　　客栈老板小张说："大家能相聚在和顺春暖花开客栈，也是缘分。今晚你们大伙就一起出去撮一顿，尝尝我们本地特色——土锅子。"

　　"你不去啊？"我们异口同声地问道。

　　"我还得看店，下次吧。"小张笑呵呵地说。

　　他确实很忙，所以我们没有强求，在他的指引下，来到和顺古城内一家比较有特色的餐馆，这家的土锅子做得蛮地道的。

　　腾冲土锅子是以青菜、芋头、淮山、红苕、黄笋等为原料，鲜肉骨头汤为底料，上铺一层泡皮（泡皮，洗净的鲜猪皮晒干后用油泡炸，再用冷水浸泡，然后切成薄片），泡皮之上点缀一圈蛋卷，即成一道色香味俱佳的腾冲美食。

腾冲土锅子不用金属火锅，只使用腾冲城郊满邑村烧制的土陶火锅，讲究慢火慢煮，因而菜味鲜甜醇和，回味无穷。大家之前都没有吃过，所以吃起来既新鲜又美味。

还有一道菜我要特别夸几句，真是太好吃了——麻辣猪耳朵切片。我本不敢尝试，可是大家频频举筷，夹起盘中那薄如蝉翼犹如拉皮似的猪耳朵切片，一副无比享受的表情，我经不住诱惑，小心翼翼地夹起一小片放入口中，细细品尝起来。肉片爽脆、口感微辣，非常美味。

在这个极边小镇的农家小院里，我们这群萍水相逢的新朋友，品尝着本地的特色美食，一起度过了一个难忘之夜。

## 11. 宁静的和顺之夜，神秘的高黎贡山

快晚上九点了，大伙意犹未尽，回到客栈后在二楼的露天平台继续品茶闲聊。小张这时也忙完了，拿出一堆零食加入进来。

大家来自天南海北，通过这一顿晚饭熟识了起来。来自北京的老男孩——客栈老板小张，来自佛山的快乐夫妻——小李和 Nana，来自重庆的琥珀熊、小北，及来自内蒙古的我，相聊甚欢。

小李是一位深藏不露的西餐大厨，说起美食滔滔不绝，如数家珍，让人听得口水直流。他看出了大家的心思，约定如果这几天有机会一定亲自下厨，让大伙品尝他的手艺。

　　他们几个人计划明天包车去银杏村玩，问我是不是一道去。我由于已经计划好行程，银杏村安排在最后两天，房间也都订好了，所以只能婉言谢绝。这时我才想起还没给司机王师傅打电话，赶忙找出他的名片，打了过去。

　　王师傅很爽快地说，去樱花谷没问题，但三百块包车一天已经是最低价。我们约好第二天早晨八点半出发。

　　第二天一大早，我带了足够的干粮和水，在事先约定的地点与王师傅汇合。

　　王师傅是个朴实的汉子，黝黑的皮肤，结实的身材，眼光里流露着庄稼人特有的朴实与忠厚。他比我大七岁，和我有很多共同语言。

　　车子行驶在山间崎岖的小路上，不远处的高黎贡山雄伟壮阔、绵延起伏，一眼望不到边际。此时，清晨的雾气还未散去，隐匿在山脚下的一座座村落时隐时现，宛若神仙的居所，让人觉得这里真的就是世外桃源。

　　听王师傅介绍，高黎又称高丽、高日，是景颇族一个家族名称的音译，"贡"为景颇语，是"山"的意思。高黎贡原意为"高黎家族的山"，后来汉族人按自己的习惯在"高黎贡"后又加上了"山"，形成高黎贡山现在的名称。

　　在大山深处居住着许多少数民族，包括傈僳族、景颇族等，很多人一辈子都生活在这片大山里，从没有走出来过。

一 个 人 的 旅 程

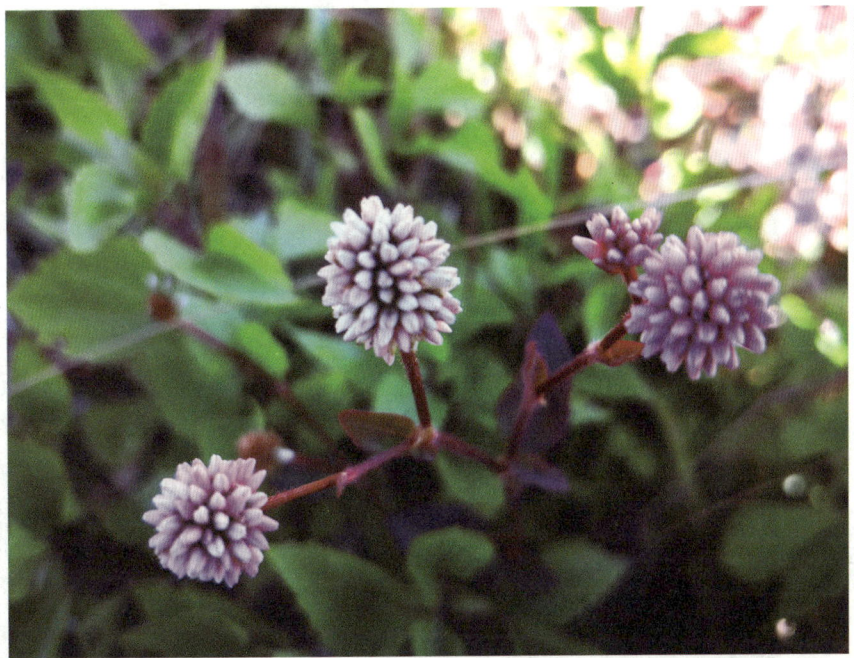

## 12. 识趣樱花谷，嬉水野温泉

通向樱花谷的山路还未修好，道路崎岖不平，极为难走。亏得王师傅驾驶技术娴熟，汽车灵巧地行驶在满是坑洼的火山碎石路上。

好几次车子都陷在了坑里，最后我们硬是驶了出来。就这样一路颠簸，一个半小时后，终于来到樱花谷。

腾冲樱花谷坐落于高黎贡山西麓、龙川江西岸，属高黎贡山自然保护区范围，这里终年无霜，雨量丰沛，野生樱花遍布其中，樱花谷由此得名。

现在正值12月，是野樱花开放的季节，一进谷内，两旁高挺的野樱花

树便映入眼帘。碧绿的嫩叶，粉红色的花骨朵，一簇簇地挂满枝头，可爱至极。由于我来得时节尚早，绝大多数野樱花还未绽放，但在这满眼碧绿的山谷中，这一抹粉红也足够惊艳。

我和王师傅穿行在樱花谷的羊肠小道上，周围青山绿水，古木参天，阵阵鸟鸣荡彻山谷。

今天不是周末，加之时间又早，整个樱花谷里只有我和王师傅二人。谷内植被茂盛，遮天蔽日，山崖险峻，溪流遍布，十分容易迷路，好在王师傅路熟，我倒也放心不少。

就这样，我们在谷里行走了半个多小时，下到一处风景绝佳之所，这便是风露池。但见旁边谷顶崖口处水泄如柱，好一擎天巨柱，由几十米的高空处跌落，拍打在下方的崖石上，激起千层银花，万盏水线，声如炸雷，不绝于耳。而仅数米之遥，便有几潭碧绿静水，清可见底。

王师傅说："这就是天然森林温泉，你看那里……"

在苍天树荫之下，在延绵绝壁之中，一股清澈如注的泉水从一石缝中喷涌而出，泉眼下方还镶嵌着一截竹排，引领泉水注入碧潭中。

"原来温泉的水源在这里啊。"我惊奇地看着眼前的泉眼、飞瀑、温泉池，感叹大自然的神奇。

这时王师傅走到泉眼旁，用手捧起温泉水，边喝边说："这温泉水甘甜可口，你也来尝尝。"

我学着王师傅的样子，手捧泉水喝了起来，确实清爽甘甜，而且水是温热的。

　　王师傅说："谷底还有一个云碧池，较眼前的风露池要大一些，更适合游泳。"

　　我俩顺着石阶继续往谷底走，又下行了几十米，不远处出现一潭碧水。这潭池水足有十米见方，如同一个小游泳池，池水清澈透亮，无一杂物，旁边还修有更衣室，这便是云碧池了。

　　我和王师傅都换上泳裤，下到了池水中。云碧池的水温在四十度左右，温暖舒适，池深虽然只有一米，但在水中浅游，足矣。

　　我的水性很好，轻游几个来回，感觉身体已经舒展开，便将头依在崖壁上，让身体浸没在水中，闭目养神。泉水的温度让我微微发汗，恰巧此时一缕阳光透过谷内浓密的枝干映照在了我的脸庞，暖暖的，柔柔的，这一刻时光仿佛静止了，我昏昏欲睡，进入梦乡。

正是：

高黎贡山谷底藏，
樱花谷内吐芬芳。
绿意盎然不觉季，
莫道北国白茫茫。
粉红一点芳华醉，
瑶池碧水温柔乡。
青山叠翠瀑布现，
百尺断崖泉眼藏。
此生有幸池中寐，
不负江山好时光。

## 13. 勇闯龙川江，徒步瑞源桥

在森林温泉美美睡了一觉，醒来后神清气爽、体力充沛。我便和王师傅深一脚浅一脚地在遮天蔽日的山谷里穿行，继续向谷底行进。走着走着，眼前豁然开朗。

前方出现一条落差近百米的深谷，近乎垂直的石阶直通谷底。两侧的野樱花树枝繁叶茂，近乎淹没了这条直达谷底的唯一通路。远处传来"哗哗"的巨大流水声。

"下去就是谷底了，龙川江就在下面。"王师傅说。

"咱们下去瞧瞧。"我应和着。

费了好大的气力，我俩才从这百步石梯上走了下来，又钻过一片密林后，终于来到江边。

谷底龙川江江面宽阔，水势磅礴，一泻千里。靠近我们这一侧的河道口处巨石遍地，嶙峋突兀，经江水经年累月的冲刷，变得光滑细腻，圆润了许多。

两岸是绵延起伏的高黎贡山，由于雨量充沛，植被异常茂盛，郁郁葱葱。

忽然，我发现在江边竟有一条跨江溜锁，拇指粗的钢缆直抵对岸。我从未坐过这种系于腰间的溜锁，所以很是好奇，双手握住绳索，用力向下拉了拉，悬力十足，应该很安全。

我四下环顾，在这龙川江畔，除了我和王师傅外再无他人，到哪里去找溜锁管理人员，看来坐不成溜锁了。

　　这时，王师傅在不远的东边向我频频招手，我三步并作两步地跑过去，一看才发现，原来这里还隐藏着一座跨江木桥。旁边一块石碑上三个大字依稀可辨，"瑞源桥"。

　　这座瑞源桥乃实木建造，年代久远。锈迹斑驳的铁条扶手，变黄且已发黑的木板桥面，横跨在数米高的龙川江面上，显得如此单薄。加之桥下江水湍急，木桥被冲击得左右摇摆，似乎摇摇欲坠了。

　　王师傅从没登上过这座桥，我更是个有险必攀的主儿，于是我们沿着河道寻找瑞源桥的入口。

　　向东也就寻了数十米，灌木丛中突现一条通路，只容一人通行。我俩想也没想，一前一后，径直钻了进去，在这黑漆漆的灌木隧道中又穿行七八米后，瑞源桥的入口赫然出现在前方。

　　走到近前才发现，入口竟被一扇铁门锁住。区区铁门焉能奈何得了我们，我一马当先，一个鱼跃跨步灵巧地翻了过去，踩到桥面上。王师傅也是身法敏捷，几个箭步就翻了过来。当我们都踏上桥面那一刻，木桥剧烈地左右摇晃起来。

　　我赶紧扶住护栏并降低重心，尽量使桥面平稳下来。王师傅也和我一样，半蹲着稳住桥面。

　　不一会儿，桥面的摆动趋于平稳，我俩这才长出一口气，直起身来踩着嘎吱作响的木板桥面，勇敢地向江对岸走去。

## 14. 鲜为人知的腾冲青海

　　从谷底龙川江返回樱花谷入口花了近两个小时，我和王师傅在途中把随身带的干粮吃了，以补充体力。

　　王师傅看了看表，才下午两点，就对我说："现在时间尚早，我们下午可以去北海湿地游玩，中途还会路过一处火山湖——青海，你可以下车看看。"

　　我十分高兴地说道："一切听从王师傅安排。"

　　车子行驶在高黎贡山深处，崎岖不平的盘山路正在修建，时不时能看见拉着青石的大货车穿梭其中。凡大货车驶过，路面尘土飞扬，我们的车子就

在这样恶劣的环境下行驶了近一个小时才出了高黎贡山。

终于见到柏油马路了，王师傅长出一口气，我又何尝不是，说实在的，刚才糟糕透顶的盘山土路已经让我有点晕车了。

"还有多远能到青海？"我问道。

"半个小时吧！"王师傅回答。

好在这一段柏油路路面平坦，车辆又少，没多久我们就来到青海边。

腾冲青海位于北海湿地东北部一公里处的丛山之中，海拔一千九百五十米，是六十余万年前火山喷发时火山断陷而成。青海为典型的高山湖泊，湖水呈微酸性，是世界上仅有的三个酸性湖泊之一，被誉为"灵池澄镜"。当地流传着"北海无边，青海无底"的谚语，据说青海地下有暗河相通。

一下车，我就被这隐匿在群山峻岭中的一汪碧水所吸引。它应该是由火山口积水所形成的湖泊。湖面不算很大，湖水透亮，波光粼粼，加之四周青山叠翠，绿树成荫，倒是一处隐居佳所，世外仙境。

微风拂过，树影婆娑，湖面上漂浮着的落叶也随波逐流，摇摇摆摆，很是好看。

从青海出来，我和王师傅在路边找了一家地道的云南菜馆。王师傅极力推荐这家的招牌菜，铜锅洋芋饭。

铜锅饭也叫洋芋饭，醇香可口，是云南很多地方的主食之一，后来被游客发现，得以推广。主要食材包括大米、火腿、蚕豆、土豆等。火腿要用云南特产的云腿，其中以本地宣威火腿最负盛名。洋芋饭通常以铜锅盛制，锅底大米黄灿灿不粘锅、蚕豆土豆不糊为最佳。

我吃在嘴中，感觉和我们北方的炒饭区别不大……

## 15. 神奇的腾冲北海湿地

来到北海湿地时已经是下午四点了，王师傅帮我买了打折票。

景区面积不算大，是一处四面环山的高原火山堰塞湖。放眼望去，一片片漂浮于水面之上的小陆地上长满青草，形成一个个郁郁葱葱的草甸，散落在湛蓝无瑕的北海上，煞是好看。几只黑褐色的野鸭游逸其中，时而追逐嬉戏，时而沉入水底。

一条木栈道依湖而建，从东向西伸展开来，一眼望不到边际，好似一条金色丝带，飘向了远方。远处青山绵延，白云飘飘，映照在水中，构成了一幅风景秀丽的山水画卷。我被眼前的美景惊呆了，赶忙拿出手机拍起照来。

我沿着木栈道一路西行，湖面上不时出现一排排形如草甸的竹筏，每一筏上均有三五游人撑着摇杆，笨拙地在水中划行着。我猜这便是传说中的滑草了。

这时，木栈道两侧茂盛的蕨类植物吸引了我，它们一簇簇的，密密麻麻，在阳光的照耀下，绿油油地泛着金光，十分可爱，可惜我叫不上它们的名字。

北海湿地向西走到尽头是一处名叫"天鹅湖"的地方。在这里，你会看见许多黑天鹅、白天鹅。我来得恰是时候，正好遇上工作人员投放食物。一只只憨态可掬、略显笨重的天鹅摇摇摆摆地从四面八方游向这里。

黑天鹅羽毛黝黑，体态婀娜。白天鹅冰清玉洁，气度不凡。注意，它们嘴的颜色不一样，黑天鹅的嘴是红色的，白天鹅则是黄黑色的。有一只白天鹅很厉害，争抢食物时把黑天鹅啄出老远。

## 16. 心乱如麻浮躁夜，人间自在是清欢

在回来的路上，我和王师傅商量接下来几天的行程。王师傅建议我买腾冲景点套票，比在美团上买要便宜许多。我听从建议，跟着王师傅来到腾冲县城的一家旅行社，只花一半的价钱就买到了热海、浴谷温泉、火山公园、云峰山等景点的门票，为后面几天省去许多麻烦。下车时，我和王师傅约好明天上午九点半，他来客栈接我去热海。

回到客栈已经是夜幕降临，灯火阑珊。不知道其他几个伙伴今天玩得怎么样，平时熙熙攘攘、热闹非凡的二楼观景平台上，此刻冷冷清清，空无一人。

我本想早点入睡，没承想忽然心情浮躁，辗转反侧，久久难以入眠。

第二天一大早起床，照照镜子，看着因没睡好而通红的两眼，心里不免一阵苦笑。

房东大姐很热情地给我煮了一碗饵丝，吃罢，我又一个人独自出门。

和顺的清晨是寂静的，是清欢的。漫无目的地行走在空无一人的街道上，望着两旁青砖灰瓦、白墙红灯，恍若隔世。

和顺的古朴与沧桑、沉淀与厚重，需要人们用脚去度量，用心去感受。

一个来去匆匆的游子，一座饱经风霜的小镇，在这一刻似乎产生了某种共鸣。

　　细雨斜风作晓寒，
　　淡烟疏柳媚晴滩。
　　入淮清洛渐漫漫。
　　雪沫乳花浮午盏，
　　蓼茸蒿笋试春盘。
　　人间有味是清欢。
　　　　——苏轼《浣溪沙》

## 17. 众里寻她千百度，春暖花开惜别情

　　我在和顺古镇的小巷中漫无目的地穿行，不知不觉中走到古镇的西南角，之前听人介绍这里有一个千手观音很是雄伟，便想一观。

　　踏着高低起伏的青石路，穿街过巷，不一会儿就来到一处密林中。由于和顺古镇自然环境优越，生态保护得很好，树龄在百年以上的古树名木有近百棵，除了魁阁的两棵秃杉外，还有许多遍布在古镇的小巷和周边，这处密林就是。

　　只见在不远处，五棵参天大树排成一线，十几米高的枝干遮天蔽日。从前方看，宛若无数只手臂伸展开来。树下，一条石子小径曲曲折折，通向远方。

　　我没仔细打量这些造型奇特的古树，一门心思寻找千手观音的身影。在

附近左转转，没有，右瞧瞧，不见。

"应该是这里啊？"正纳闷的时候，一个背着竹筐的大爷不知何时出现在我身边。

他看到我在好奇地寻找着什么，就笑呵呵地说："你是在找千手观音吗？"

"是啊，怎么没有啊？"

"远在天边，近在眼前。"他微笑着回道。

我疑惑不解，一脸茫然。

"就是这几棵古樟树啊！"

我恍然大悟，原来千手观音不是佛像，而是古樟树。

回到客栈后有点忧伤，今天该退房了，天下没有不散的宴席。和客栈老板小张、广东的小李夫妇、重庆的琥珀熊及小北互道珍重后，我拎着行李箱出发了。

最后，小李热情地拉着我的手说："白老师，你晚上一定要回来尝尝我的手艺。"

"我一定尽量赶回来。"我感动地说。

## 18. 神奇的热海大滚锅

　　和王师傅会合后，我们一路向热海景区行驶。热海位于腾冲县西南部的清水乡，距离腾冲县城约十公里，车子没开多久就到了。由于我提前买了电子票，省去不少麻烦，随着人流进入景区。

　　云南地热资源丰富，占全国已知温泉数的四分之一，其中又以腾冲县最为集中。腾冲是我国三大地热区之一，约有八十多个温泉，沸泉遍布各地，热海为最。

　　热海温泉由热海石、大滚锅、浴谷、怀胎井、珍珠泉、美女池等构成，

最高水温达一百〇二摄氏度，是我国地热疗养的最佳之地。

　　一进入景区，沿着石阶下行，便进入一处峡谷。两侧青山环抱，植被茂盛，谷底溪流涌动，清可见底，山涧瀑布奔流，声如惊雷。

　　不时有冒着热气的温泉水从山石缝中喷射而出，雾气弥漫着整个峡谷，空气中充满了浓重的硫黄味（臭鸡蛋味）。一路向北行进，大大小小的泉眼星罗棋布，无不形态各异，泉如其名。

　　走到半山腰的一处山涧时，我发现在不远处的山谷里，有一处度假村似的场所，有露天泳池、依山而建的屋舍。一问才知，那里就是美女池酒店，可以泡温泉、住宿，但价格不菲。

　　告别美女池，我翻过一座小山，来到景区内最引人注目的"热海大滚锅"。这是一个直径约六米的圆形温泉池，池水呈淡蓝色，在地热的炙烤下不停地向上翻滚着水花，并发出"咕噜咕噜"的

声响。水蒸气弥漫在四周，近处的游客都受不了这种温度而退避三舍。听一个导游介绍，大滚锅的泉水高达九十六摄氏度。

忽然，我发现在大滚锅左右两侧，各有一个巨大的竹笼屉被嵌入地下，如同两个天然的蒸笼，还有特制的硕大斗笠当作锅盖。

一名女游客用木棍将锅盖掀起，把事先用稻草串好的鸡蛋放入其中，依靠地热散发出的水蒸气将鸡蛋蒸熟。这正是云南十八怪里描绘的"鸡蛋用草串着卖，摘下斗笠当锅盖"的写照。

## 19. 热海浴谷温泉

从大滚锅景区出来，旁边就是浴谷温泉。我买的两百六十八元套票包含热海景区、浴谷温泉，另外赠送云峰山门票，还是比较划算的。

浴谷温泉依山势地形而建，规模宏大，园林造景遍布其中，谷中亭台楼榭、小桥流水、花草树木，一派生机盎然。

二十二个汤池、八间私密汤屋、两处地热熏蒸区，使整个建筑布局与热海的自然景观有机结合，是名副其实的山中温泉养生世界。

浴谷温泉的水温在三十八到四十五摄氏度，不同的池子功效不一。当你全身浸泡在温泉中，耳畔响起舒缓悠扬的古乐时，会感受到世界是如此美妙。

泡累了还可以去不同特色的熏蒸房体验一下，我是在里面待不住，五分钟就热得受不了了。

这里提供简单的饮食，有粥类、红薯、鸡蛋、花生及各类水果等。我从上午十一点一直待到下午四点，真是不虚此行。

此前我也泡过温泉，像阿尔山的神泉温泉、金江沟的林场温泉、樱花谷的森林温泉等，相比之下，浴谷温泉的特色还是在于硫黄原汤温泉。

## 20. 再赏和顺美

我拖着行李箱来到提前预订好的客栈，位置离浴谷温泉不远。由于网上已经付款，所以办理入住很方便。

热海这边不像和顺，除了温泉别无他物。建议来热海泡温泉的朋友，一定不要住在这边，不然太无聊了。

我扒着窗户向外张望，路上车来车往，尘土飞扬，只有几家孤零零的客栈仁立在路的两侧，左右全是望不到边际的大山。

正当心有不甘时，忽然想起早上出来时，来自广东的小李的盛情相邀。对呀！为什么不回春暖花开，尝尝小李的手艺，大家在一起多热闹啊！

我立刻给王师傅打电话，让他来热海接我。王师傅正在机场接人，离我这边太远，所以让谢姐过来接我。

放下电话，我三下五除二地收拾好行李，来到前台办理退房。由于已经入住，今晚的房费是没办法退了，心痛这一百二十元啊！

"能尝到地道的广东菜也值了。"我这样安慰自己。

谢姐的绿色出租车没多久就疾驰而来，迎着落日的余晖，我们踏上回和顺的旅程。

还是那座熟悉的小城，没有太多的奢华，唯有阵阵花香。

暮色笼罩下的田野，泛着金光，托着夕阳。

娴静的小河环城流淌，画面唯美，古韵飘香。

年代久远的洗衣亭为女人遮挡了风风雨雨，也承载着男人宽阔的胸膛。

古朴典雅的文昌宫，石栏回环，气宇轩昂。难怪从这里走出的名人志士，皆一身书卷气，出手翰墨香。

可爱的小城和顺，我回来了。

## 21. 小李的盛宴与往事

我再次踏进春暖花开客栈，看见一个个熟悉的身影、一张张真挚的笑脸，一桌香喷喷的饭菜摆满席间，一股莫名的暖流涌上了心头。是家的温馨，是幸福的甜蜜，更是萍水相逢的一家人的牵挂。

小李同学不愧是专业厨师，煎炒烹炸样样精通，尤其擅长调汁与烤肉。他做的地道的广东叉烧肉，浇上酸甜可口的酱汁，真是绝配。

鸡肉烤得外焦里嫩，色泽金黄，勾人食欲。

广东人最爱煲汤，排骨玉米萝卜汤就地取材，味道鲜美，营养丰富。其他几个菜也是可口舒心。

我们大家围坐席间，欢声笑语不停，享受着这顿丰盛的佳肴。这时，客栈老板小张站起身来，带着一如既往的标志性坏笑，说道："来，咱们大家干一杯，为了春暖花开，为了相亲相爱的一家人。"

每一个人都将手中的酒杯高高举起，"干杯！"

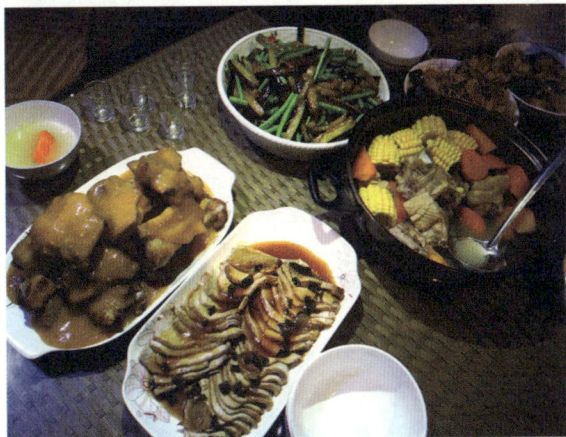

"叮叮当当"的碰杯声不绝于耳，飘荡在这个温馨的小院中。

在这个初冬时节的寒夜，祖国西南的边陲小镇里，有这么一群萍水相逢的朋友，如同一家人一般，享受着这份家的温馨与甜蜜。就让这个美好的瞬间化作永恒吧，希望若干年后，我依然不会忘记。

酒足饭饱，我和小李相谈甚欢，他给我讲起了他的故事。

小李自小学习成绩不好，高中毕业后就辍学了，到一家饭店当学徒。开始学习西餐，师傅们见他年纪小，百般刁难。但小李凭借一颗恒心，硬是挺了过来，慢慢掌握了西餐的烹饪要领。后来他又换了几家大饭店，跟不同的师傅学习各类烹饪技巧，近十年的光景，小李现在已经是一家大酒店的行政总厨了。

"我打算在不久的将来，开一家属于自己的饭店。"小李意味深长地说。

我看着眼前这个目光执着、坚定的年轻人，一股敬佩之情油然而生。是啊，受尽苦中苦，方为人上人。

"小李，你一定会成功的！"我向他举起酒杯……

## 22. 王师傅的水烟袋

和春暖花开的朋友互道珍重后，我打电话和王师傅约好，今晚去他家住，感受地道的农村生活，八十一晚。

王师傅的家位于腾冲县城东北方向的后山村，游客很少会到这里，是一处寂静之所。车子大约行驶半小时就到了。

这是一处独门独院的二层小楼，具有典型的西南民居特色，弄堂、天井、祠堂、卧室等主体建筑材料都使用金丝楠木，非常气派。王师傅说，盖这个房子花了近六十万。楼上楼下共有卧室六间，现在两个姑娘都在县城上高中，平时住校，只有周六才回来住一天。如果有游客来也可以住到这里，价钱还便宜。

"来，你喝茶。"王师傅很热情地给我沏了一壶本地的高黎贡山茶，还拿出电暖气让我烤火。

谢姐也忙前忙后地帮我打扫房间，换上干净被褥。

　　王师傅拿出水烟袋，又从兜里掏出一盒红色的印有字母的烟，取出一根点着后插入吸管处，"咕噜咕噜"地抽了起来。

　　我很好奇，问王师傅："用这个水烟袋抽烟有什么好啊？"

　　王师傅吸了几下，吐了一口烟气，说道："这个水烟袋能过滤掉大部分尼古丁，减少吸烟对人体的伤害。我们本地人都是用这种水烟袋来抽烟的。"

　　"原来如此。"我恍然大悟。

　　"这个水烟袋也不贵，小铺子里到处有卖，二十块钱一个。"王师傅解释道，"我抽的这个烟是缅甸烟，劲儿很大，你可以给你父亲带两盒。"

　　王师傅边解释边从旁边的柜子里取出两包未开封的缅甸烟，十分热情地递给我。

　　我有点不好意收下。

　　他看出我的为难，笑着说："这个烟不贵，才三块钱一盒，你收下吧。"

　　我一听也就放心了，把两盒烟放进背包中。

## 23. 在那遥远的小山村

后山村的夜如此寂静，如此安详，伴着会眨眼睛的星星，人们都进入了甜蜜梦乡。

第二天醒来时天光大亮，王师傅和谢姐都早起多时了。知道我是北方人，吃不惯米线，谢姐特意为我煮了面条青菜，煎了几个鸡蛋。

"你尝尝我自己做的蘑菇酱菜。"

谢姐从柜子里取出一个玻璃罐，里面装着满满的酱菜。

"这是我们本地特有的高黎贡山野生菌，腌制出来的蘑菇酱菜特别好吃。"

一大碗热气腾腾的拌面散发着扑鼻香气摆在我面前，我的口水都快流出来了。

"趁热赶快吃。"谢姐笑呵呵地说道。

我拿起筷子，端起碗，狼吞虎咽地吃了起来。

"真的太好吃了。"我赞叹道。蘑菇酱菜口感微辣，味道鲜美，农家鸡蛋

外焦里嫩，醇香可口，再配上绿色的青菜，营养健康。

这是我这些天吃过的最好吃的早餐了。不一会儿，这一大碗面就被我吃了个精光。

"锅里还有，我给你盛。"

谢姐不由分说地拿起我的碗转身进了厨房，片刻，又一大碗热气腾腾的拌面摆到我面前。

村里人如此朴实，没有过多的言语，一切都付诸行动。望着眼前这又一大碗香气扑鼻的面条，我心中无比感动。

吃罢早饭，王师傅带着我在后山村里转了一圈，让我近距离观察这座与世隔绝的小山村。

后山村地处高黎贡山支脉来凤山、飞凤山脚下。全村百十户人家，依旧过着男耕女织的传统生活。

每逢初一、十五，村里人都要带着自家的土特产去镇上赶集，出售或兑换一些生活日用品。

"那你们还种地吗？"我问着。

"这几年天天跑车，顾不上种了，地都租给别人。我家有三亩田，两亩地。"王师傅回答。

"田和地不一样吗？"我不解地问。

"田是水田，地是旱地，不同的。"

我这才恍然大悟。

望着眼前绿油油的稻田，田野里尽情绽放着的小花，清澈流淌的小溪，炊烟袅袅的村舍，宛如臂膀一般巍峨伫立的来凤山，真是美如画卷，好想待在这里不走了。

## 24. 徒步云峰山——奢华的"石头记"

云峰山位于云南省腾冲县北部滇滩镇境内，距腾冲县城约五十公里。

这里青山连绵起伏，中峰挺峙，拔地倚天，峰顶尖削如笋，独伸云端，青峰如浮云海缥缈间。很早以前，有人就不畏艰险，在云峰绝顶辟崖建寺，远远望去真有"仙山琼阁"之感。

云峰山长期以来都是腾冲胜景之一，今天的第一站就是这里。

我们驱车大约一个小时就达到了云峰山。在山脚下的停车场，王师傅指着旁边一处装修豪华的酒店对我说："这个酒店叫石头记，住一晚最便宜的房间也要三四千块钱。"

我暗暗咋舌："什么样的酒店，要这么贵？"

王师傅看出了我的疑惑，继续说："石头记是七星级酒店，都是独栋别墅，还有露天温泉泡池，是一个叫什么隈研吾的日本设计师设计的，听说光设计费就花了八千万。"

"这么贵的房间有人住吗？"我问道。

王师傅笑笑说："石头记的房间几乎天天爆满，需要提前预订才能住上。"

"中国的有钱人太多了，非你我可比啊！"我一阵感叹。

王师傅领着我来到云峰山景区门口，说："今天我就不陪你了，你自己爬山吧，我会在停车场等你。如果你不坐缆车徒步上山的话，至少需要两个小时。"

我带了足够的干粮和水，就一个人进山了。

## 25. 徒步云峰山——二度惊魂

　　一进山门，正对着便是索道入口，来云峰山玩的游客十有八九会选择乘坐索道上山，像我这样徒步攀登的极少。向工作人员问清徒步上山的路线后，我就一个人进入云峰山腹地。

　　云峰山游客本来就少，再加上不是周末，所以徒步上山的更是没有。偌大一座云峰山，除了偶尔几声鸟鸣外一片沉寂，似乎陷入了沉睡中。也许是这条登山古道着实鲜有人走，年代久远的青石台阶破败不堪，两旁尽生杂草，一副荒凉之像。

　　我尚算胆量颇大之人，但走在如此寂静的大山中，心中也不免生出一丝怯意。

　　未行多远，前面出现一道白色门洞，形如两弯月牙，踏着古石阶，穿过月牙门洞，前方豁然开朗。

　　在一片杂草丛生的山野空地上，赫然出现四座古墓，斑驳的石碑上字迹依稀可辨。我心中一颤，头皮瞬间发麻，腿也一下子瘫软了。

　　"怎么在这云峰山里还会有古墓，工作人员也不提前说一声，让我好有个思想准备。幸好这是大白天，要是夜里，那还不把人吓出个好歹。"我腹诽道。

　　我赶紧双手合十，心里默念着："无量天尊，我无意冒犯各位仙长，只是借道而行，借道而行，打扰了。"

　　终于绕过古墓，继续寻着古道向上攀登。

　　云峰山植被茂盛，又未有人修剪，故枝丫缠绕，错综复杂，遮天蔽日，唯留一小径直通山顶。行走其间，阴森可怖，如入深谷一般。

　　行至一片密林，忽听头顶传来阵阵鸟鸣，寻声望去，数只黄白分明、体态婀娜的云雀，跳跃穿梭于枝丫之间。我愈向前，叽喳声愈剧，心中疑惑，止步不前，探其究竟。

　　众鸟之中，一对黄雀尤为显眼，上下飞舞，凝眉厉目，喙尖爪利，其势之凶，鲜有得见。

　　再一细看，方才顿悟。几米之外的枝干上，一个鸟巢中有两三只幼雏，它们伸颈张望、瑟瑟发抖，其态令人心生怜悯。

　　我再次双手合十，对着鸟群深施一礼，心中默念："无意打扰，无意打扰，借道而行矣。"就两三箭步，穿过此地。

　　就这样一步一阶行走多时，终于走出深山，仰头又见蓝天，心中长出一口气。

## 26.徒步云峰山——悟道三清观

云峰山人工开凿的两千七百余级石阶，可谓鬼斧神工，令人叹为观止。尤其是山中悬崖峭壁间的三折云梯，被誉为腾冲十二景之首，我这回可是领教了。

两个半小时后，筋疲力尽、汗流浃背的我终于登上山顶，坐在地上大口直喘。

云峰山山顶建有一座云峰道观。据史料记载，道观始建于明代，距今已有四百余年历史。

相传，当时有人逐一鹿，直达山巅，鹿忽不见，只余蹄迹于石间，因诧以为灵异，于是在山中建庙宇。

明代地理学家徐霞客曾于崇祯十二年（1639 年）登上云峰山。他在日记中写道："（山）顶东西长五丈，南北阔半之，中盖玉皇阁，前三楹奉白衣大士，后三楹奉三教圣人""南北夹阁为侧楼，半悬空中""北祠真武，南祠山神"。

云峰山的庙宇鼎盛于明末清初。当时山顶建有玉皇阁、三清殿、吕祖殿、真武殿，山腰建有关帝庙，山脚建有万福寺、接引寺。随着历史的推移，山上庙宇曾几经毁建。"文化大革命"时期，庙宇大多被毁，仅余残屋几间。二十世纪八十年代，当地陆续重建了玉皇阁、吕祖殿等，基本恢复了道观原貌。1983 年，云峰山道观被列为县级重点文物保护单位。1988 年，腾冲县道教协会迁至此观。每年山会和庙会期间，前来云峰山朝拜请愿的人络绎不绝。

山顶的三清殿内有许多前来进香请愿、还愿的香客，每人手里都拿着一张祈福请愿的宣纸，交于殿内道士。道士会在上面写下请愿者名字，连同竹香一并焚之。

三清殿旁为吕祖殿。吕祖，即吕洞宾，唐末五代道士，传说修道于终南山，为八仙之一，为道教全真派北五祖，道家正阳派号为纯阳祖师，俗称吕祖。至明代，云峰山道观均为全真教派，故奉吕祖。

在山顶北侧还有一处素斋堂，游客可以花二十元品尝一下道士们的日常斋饭：土豆、青菜、米饭。清清淡淡，郁郁寡欢。

最吸引我的当属云峰山三清观山门前的一副对联，上联写"晨钟暮鼓惊醒世间名利客"，下联对"朝念夕诵唤回迷海逐梦人"。真是名言警句，想到这云峰山上清苦修行的道士们，天天吃斋诵经，虔诚信教，不受世间万物所诱，真是佩服不已。

## 27. 银杏村绣娘的故事

春风轻催绿芽梦，绿果压枝茂叶拢。

黄金铺满何处是，碧天苍虬银杏村。


江东银杏村，东靠巍峨雄奇的高黎贡山东脉江东山，西有龙川江源头小江沿村而过。

进入江东村，银杏雌树环屋叠翠，风情万种。雄树拔水擎天，雄奇壮观。

春天，嫩芽出发，欣欣向荣。夏天，绿果压枝，累累硕果。秋天，落英缤纷，叶叶金黄。冬天，光枝苍虬，棵棵苍茫，直把村庄装缀成世外桃源。

在这美丽动人的村庄，流传着一个美丽动人的故事。

那时银杏秋天并不落叶，一年四季，村里村外绿意盎然。

江东山上有洞，名落水。一年，洞现巨蛇妖，吞吐毒瘴，掠食家畜，无恶不作。村民苦不堪言，村庄生灵涂炭。

村长之女，聪慧美丽，心灵手巧，绣出的花草树木活灵活现，故名绣娘。

绣娘告诉村长，银杏树能防蛇妖。为躲避蛇妖，村长带着村民依树建屋，

形成了村在林中之景。但外出耕作时，还是没有办法防范蛇妖生吞村民和耕牛。村民一不小心，便没了性命。粮食也逐渐枯竭。村长愁白了头发，也无除妖良方。

绣娘孝顺，暗下决心，要消灭蛇妖。诚心感天，银杏树神托梦于绣娘，蛇妖深惧银杏花开，要绣娘绣下银杏花开的景色。

但银杏开花极其短暂，如昙花一现。相传凡是见到过银杏花开的人都会遭遇不测。

绣娘不为所惧，一定要救村民。刚好又到开花之季，树神让三棵银杏大树轮流开花，每天一棵，如此便有三天机会，让绣娘看到开花之景。

第一天，绣娘一早起床，便已迟了，银杏花洒落一地。第二天，绣娘一夜未睡，早起不慎打了个盹，醒时银杏花业已凋零。第三日，绣娘不敢懈怠，只要稍有困意，便用绣针刺手臂，终于不负苦心，让绣娘看到银杏花开，绣娘将美景深记心中。直到秋天，才把银杏花开的美景绣了下来。

村中选出青壮勇士与绣娘带上银杏树枝所做的长矛，到蛇妖作怪的地方。

绣娘赶着牛羊等在山坡上，勇士藏在暗处。蛇妖不知是陷阱，张开血盆大口扑向绣娘，就在此时，绣娘抖开绣画，银杏花在阳光中闪闪发光，蛇妖看到银杏花开害怕得瑟瑟发抖，勇士们此刻也飞奔出来，蛇妖急忙躲回洞中。绣娘和勇士们见绣画有效，赶忙冲进洞中。绣娘同勇士们越围越小，眼看蛇妖已无处逃遁，最后一刻，它使出浑身解数，突然一窜，竟突出包围，眼看就要逃出洞口，绣娘拼命扑过去挡在洞前，瞬间，蛇妖被无数长矛刺入，而绣娘也没能逃过蛇妖的魔口。

那天，秋风轻抚着大树，龙川江愤怒奔涌，整个村庄都沉浸在悲痛之中，银杏树一夜之间，流出一串串泪珠，变成许许多多的树瘤，所有的银杏叶都变成了金色，悲伤地跳着舞蹈铺撒在街头巷尾，银杏枝长矛扎在地下长出了嫩芽。绣画随着绣娘消失不见。

从此，银杏一到秋天就落叶。在江东，银杏插枝便能成树，但再也没人看见银杏花开……

（转自银杏村传说故事）

## 28. 银杏村前的喧嚣

游览银杏村的最佳季节是每年的 11 月底至 12 月初，我来的时候正值旺季，通往银杏村的路上车水马龙，拥堵异常。从固东镇到银杏村区区几公里的路程，我们竟然开了近两个小时。

王师傅把车停在银杏村的正门口（北门）。我联系了客栈老板，就在原地等候。

周围嘈杂的声音让我心烦意乱。左侧入口处，一辆辆摆渡车犹如一条长龙，排成一列。密密麻麻的人流从不时开来的旅游大巴上鱼贯而下，那些戴着小黄帽的游客们在手持旗杆、腰别扩音器的导游的大声吆喝下，一个接一个地上了摆渡车。

尘土飞扬，人头攒动，宛如集市。我的头瞬间大了几圈，想着自己应该是有多久没有感受过这种旅游景点的喧嚣味了，没记错的话上一次应该是在阳朔的"世外桃源"。

"这些都是报本地一日游的游客，今天正好是周末，所以人多。"王师傅说，"他们只是在银杏村里转一圈，不住宿。"

这种"上车睡觉，下车拍照"赶场的跟团游我是不愿意再体验了。看着眼前一波又一波的人流，我心有余悸。

正在这时，手机铃声响了，原来是客栈老板派车来接我了，和王师傅道别后，我拖着行李箱登上接站车。

银杏村前的喧嚣

## 29. 极边客栈

　　江东银杏村不算大，由陈家寨、江盈村、坝心村、四合村四个小村落组成，近千户人家。

　　我订的客栈叫极边客栈，位于银杏村最大的陈家寨里。

　　村中的道路本就不宽，加上路两边如织的游人，面包车行驶得很慢，仿佛一位上了年纪的老者，步履蹒跚地在村中的小巷间行进。终于，在一个四合院门口，车子停了下来。

　　"到了，就是这里了，大家都下车吧。"司机师傅说。

　　我拎着行李箱匆匆下车，细细打量这个"极边客栈"。

　　这是一个典型的农村四合小院，木制门楼，灰白琉璃瓦，两个高高挂起

极

边

客

栈

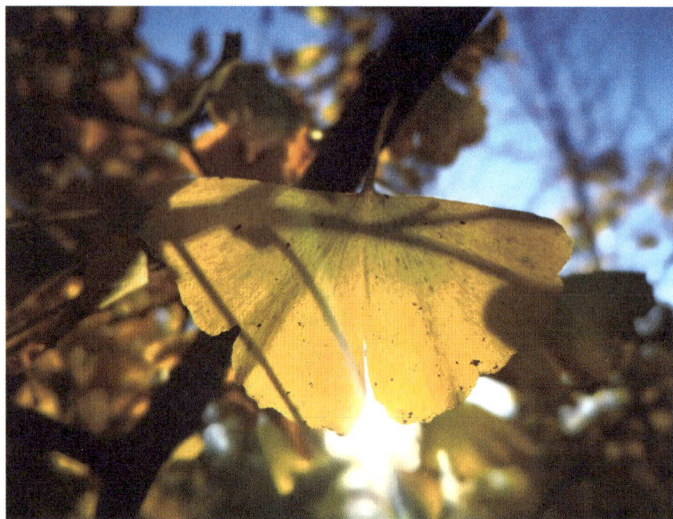

的大红灯笼彰显着喜气，左右还各悬着一幅字画，左边写"学海无涯"，右边配"惜时如金"，这般的点缀，为这个质朴的农家院增添了几分书卷气。

院子里，一棵高大的银杏树枝繁叶茂，金黄的银杏叶挂满枝头，在微风的轻拂下，一片片蒲扇形的小叶子犹如一只只可爱的蝴蝶，上下摆动，翩翩起舞。

脚下，厚厚的银杏叶铺满了院子的每一处角落，就连院里摆放的几张小木桌上也是星星点点，缤纷异常。

一把把五颜六色的纸花伞倒挂着悬吊在空中，犹如一朵朵绽放着的水莲花，妩媚动人，倾吐芬芳。

二楼的围栏上挂着许多玉米和斗笠，金黄色的玉米棒被捆成一串串的，很是好看。斗笠是庄户人家的象征。

此情此景让我莫名地觉得眼熟，对了，是东北的雪乡和雪谷。我恍然大悟起来。

"大家快往里走。"一位六十多岁的老者，笑容满面地迎接我们。

# 30. 江东银杏村的农家院

　　老人是极边客栈的老板，他很热情地把我们领进屋，张罗着给大家安排房间。我是提前一个月订的房间，并特别说明想住二楼，可是却被分到一楼靠近过道位置的房间，心里很是不悦，但房间还算干净，也就将就了。

　　客栈位于银杏村最繁华之地。漫步在村中小径上，两旁一座座装点缤纷、温馨可人的农家小院，无不散发出一种难以抗拒的魔力，吸引着每一位路人驻足观赏，拍照留念。

　　瞧，这是一处温馨的小院。一棵参天银杏树满眼金黄，落叶厚厚地铺了一地，如同天然地毯。一个农家女子轻轻地将孩子放到"地毯"上，自己也

席地而坐,开始忙着手中的活计。旁边摆放着的那把可爱的小木凳,虽然简陋,却是如此亲切,不经意间唤起了你我童年的时光。

正是:"妇人小儿郎,围坐银杏床,一树一童话,满院皆金秋。"

再瞧瞧那里,应该是一处露天的农家饭馆,宽阔的院落中,几棵银杏古树枝干挺拔,在落日的映照下,树影婆娑。微风乍起,几片银杏叶终于挣脱枝条的束缚,如愿以偿地随风盘旋着,舞动着,上演着生命旅程中的华丽谢幕。树下,几张圆桌,几把木椅,三两食客,清清静静,却又略显凄凉,好一幅金秋画卷。

正是:"日暮西山远,白果木影斜。落英缤纷舞,食客入画间。"

这样美丽的农家小院在银杏村是一处接着一处,让我目不暇接。

据考证,银杏村古村落形成于明洪武年间。那时,江东祖先从四川成都到此戍边,发现这里有许多枝繁叶茂、果实累累的银杏树,便在此地安营扎寨。

银杏果有清肝明目作用,对心血管疾病也有一定治疗作用,具有较高的经济价值,这使得村民种植银杏树的热情很高。

他们在房前屋后种植银杏树,就这样日复一日,年复一年,经过数代人的努力,江东银杏村便成了现在这个样子。

银杏树从初种到挂果大约需要四十到五十年的时间,所以还有另外一个名字叫"公孙树",也就是说,爷爷辈种树,到孙子辈才能收获果实。这种成长过程似乎也昭示着,对银杏树的爱护是悠长而细腻的。

## 31. 陈家寨的歌声

12月初的银杏村本就是金黄色的，此时又恰逢黄昏，一切都沐浴在夕阳的金光中。树上、屋顶上、小路上，金灿灿、黄澄澄的一片，就连小孩子原本红彤彤的脸上此刻也泛着一丝光晕。

不知不觉中，来到一个小广场，一个年轻的流浪歌手怀抱吉他安静地坐在折椅上，深情款款地演唱着黄品源的《你怎么舍得我难过》。磁性的嗓音，曼妙的歌声，悠扬的旋律，唯美的歌词，我瞬间便被打动了。

对你的思念，是一天又一天
孤单的我，还是没有改变
美丽的梦，何时才能出现
亲爱的你，好想再见你一面
秋天的风，一阵阵地吹过
想起了去年的这个时候
你的心到底在想些什么
为什么留下这个结局让我承受……

　　时光荏苒，岁月如梭，那个追风少年，曾经意气风发的我，在不停歇的岁月的车轮下早已渐行渐远了。

　　而今已近不惑，历经坎坷，但也成长了太多，人生亦当如此吧！万事莫求全，愿你我心底深藏的那个TA，不论是恋人、财富、权利，抑或其他梦想，经历这番时光流转，蓦然回首时，能够坦然面对。

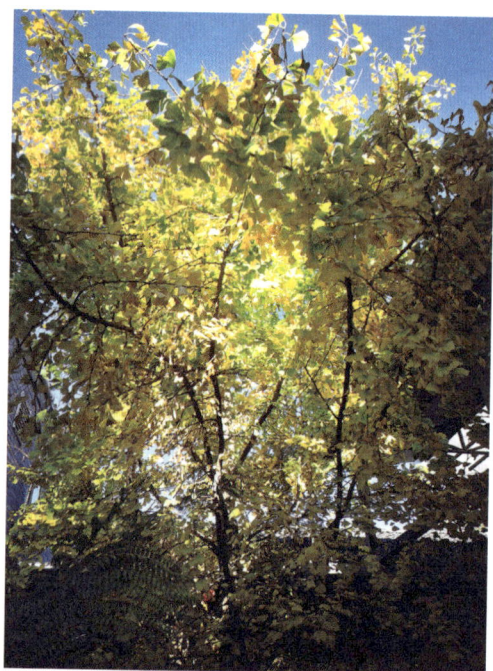

# 32. 极边客栈的波澜

回到客栈时，天色已黑，晚饭我专门点了当地特色银杏炖土鸡，味道却很一般，价格也不菲，失望之余，心里盘算着：希望其他饭店这个菜的味道不要再让我失望了。

回到房间，感觉整个人乏得都要散架了，想早早睡去，楼上却传来"咚咚"的脚步声，连木制天花板都在剧烈颤抖。

我心想：一会儿就安静了，忍忍吧。

谁知楼上的人如同吃了兴奋剂，持续演奏着这永不消逝的"鼓点"。

"这还怎么睡啊？"我忍无可忍，穿好衣服，直奔前台。

前台的位置在四合院的正中，没走两步就到了。

"有人吗？"我大声喊道，整个四合院里都回荡着我的声音。

客栈老板，那个六十出头的老者从后屋慌慌忙忙地走了出来。

"你们这房间吵得没法睡觉。"我先发制人。

"出什么事了？"他很有耐心地问。

"你去我房间感受一下就知道了。"我一肚子的火没地撒，没好气地说道。

"哦，是楼上太吵了吧？我去和楼上的房客说一声。"

这时，我忽然想起自己是提前一个多月就订好，并特地说明要二楼的房间，可临到入住，却把我安排在一楼，心里更加气愤不已。

"如果半夜楼上再有这种声音，我叫你们客栈里所有人都睡不成觉！"我气急败坏地说。

老者看我神情严肃，害怕地说："小伙子，那你跟我来吧，我给你换一间二楼的房间。"

"这不就得了。"我暗道。

他把我领到二楼靠里的一间卧室，"这是我孙子的房间，挺干净的，就是没有卫生间，你将就一晚吧。"

我仔细打量着这间屋子，小是小了点，但屋里摆放整齐，确实干净。

"好吧！"

老者下楼帮我把被褥抱到楼上，我把行李也搬了上来。

搬家时我才发现，住我楼上的原来是两个女生，她们脚上穿着的高跟鞋说明了一切。

这回再躺下，我望着天花板长出了一口气，终于可以好好睡一觉了。

## 33. 国萍农家乐中的百花仙子

多亏在银杏村的两晚选择了两家不同的客栈，让我有机会遇见国萍农家乐，也对银杏村有了更为全面的了解。

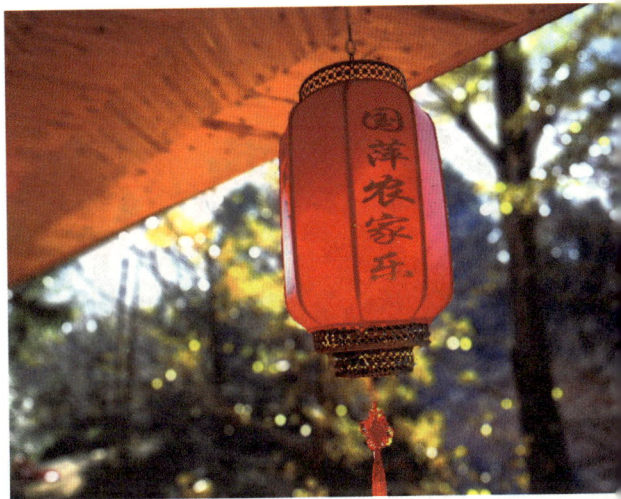

第二天，我早早退了房，前往自己在银杏村的第二个驻地——国萍农家乐。

依靠手机导航的指示，我在陈家寨里左转右绕，也就十多分钟，便来到了一处宽敞明亮的院落门前。一看门口的牌匾上赫然写着"国萍农家乐"，就是这里了。

国萍农家乐位于陈家寨北边的中寨内。虽然没有陈家寨繁华热闹，但原生态的农村风貌，加之成片成片的银杏林，更令我着迷。

由于之前打过电话，客栈老板早已在门口等候多时。他是一个四十多岁的农村汉子，方正的小平头，黝黑的脸庞，炯炯有神的二目里流露出一股精干劲儿。

"我叫黄XX，是这儿的老板，欢迎来到国萍农家乐，请进！"他十分热情地自我介绍道。

"你好。"我礼貌地回道。

他不由分说地一把拎过我的行李箱，径直往院子里走。我随着他也进了院子。

好大的院子啊！院落的面积约五百平方米，几棵枝干挺拔的银杏树伟岸地伫立着，地上厚厚的一层落叶，脚踩在上面发出"吱嘎吱嘎"的脆响。

　　银杏树的叶子虽已落了大半，但残留下来的依然倔强，在阳光的照耀下闪着金光。它们时而枕着秋风，舞动着，跳跃着，像一面面迎风招展的金色小旗；时而一动不动，只静静地挂在枝头，如同一只只黄色的小眼睛，默默地注视着眼前发生的一切。

　　院子里还栽种着许多奇花异草。

　　瞧，这一朵是如此美艳动人，深红色的长长花蕊，红白相间的粉嫩花瓣，修长曼妙的身姿如同飞天的仙子、月中的婵娥。

庭院深深晚秋凉，
百花丛中仙子藏。
粉嫩花瓣红花蕊，
婀娜身姿压群芳。

## 34. 我愿化做一片叶

在国萍农家乐安顿好住处后（二楼的单间），老板黄大哥就给我介绍起银杏村的众多景点来，如银杏王、千绝林、一行瀑，坝心村、陈家寨、中寨等。他滔滔不绝地详细介绍每一处景点，可谓知无不言，言无不尽。

有些我去过，有些没去过，现在听黄大哥如此耐心细致的讲解，所获甚丰。

"现在陈家寨的银杏叶掉了大半，如果想看最美的银杏叶，你可以去坝心村那边。"黄大哥说道。

"坝心村？"我重复道。

他见我一脸茫然，知道我没去过，就说："反正我也不忙，我开车带你过去吧。"

坐上黄大哥的小夏利，穿行在宛如童话世界的银杏村里，恍如梦中。

十多分钟后，车子停在一片茂密的银杏林前。

"这里就是坝心村了，这片的银杏叶掉得不多，你可以自己走走，逛逛。"黄大哥说。

我拿出手机看了看导航，知道了大致方位，做到心里有数后，就笑着对他说："黄大哥，你放心回去吧，有手机导航，我能自己找回去。"

"好的，那你慢慢逛，如果找不到回去的路，随时给我打电话。"黄大哥说完开着他的小夏利一阵风似的消失在村中的小路上。

这是我有生以来见过的最凄美的画面吧，仅作一首小诗来赞美它：

我愿化做一片叶
在最美的时光邂逅你，我可爱的银杏叶。
请让我用手中的镜头，将此刻的你，永久地珍藏。
如花儿一般的笑脸，美丽动人，倾吐芬芳。

又似一只只彩燕，迎着朝霞，送走夕阳。

你就是天边飘来的那朵云，惊艳得不食人间烟火，孤芳自赏。

你就是随风而来的那只蝶，轻逸灵动，蝶舞芬芳。

不知寂寞，不会忧伤，在生命的轮回里，你只静静地独自绽放：

春天生芽，夏天歌唱，秋风易逝，冬入梦乡。

我愿化做一片叶，随你而逝，入你梦乡，

在我们铺成的七彩之路上，无悔地吟唱……

也许有一天，我再回到这里，

依旧和从前一样，枕着清风，踏着夕阳，在这个最美的季节，去寻找你

我曾经留下的那缕芬芳……

## 35. 宁静的坝心村

欣赏完美丽的银杏叶，一看表，时间尚早，索性沿着村中的小路，漫无目的地散步。

坝心村地处银杏村西边，由于地理位置偏僻，很少会有游客光顾这里。宁静安详的小村庄几百年来未曾被打扰，只静静地守候在这里。

漫步在坝心村的古石板路上，左右两侧房屋有着青砖灰瓦、暗红色木制门楼，金黄色的银杏树随处可见，我仿佛置身于色彩斑斓的童话世界。

忽然，一串清脆悦耳的铃声响起，几只体型健硕、全身黝黑的大水牛迈着坚实的步伐迎面而来。一个年轻农妇身着粉衣，头戴白帽，一边牵着绳子，一边轻声地吆喝着。水牛在她的命令下听话地排成一排，一个接一个。

旁边一处院子里，银杏叶铺了厚厚的一地，十几只鸡鸭悠闲的在上面奔

跑，啄食。

巷子尽头处，一个小脑袋探了出来，水汪汪的大眼睛扑闪着，观察着，见我是一个人，才慢慢地露出整个身子。

是一个六七岁的小男孩啊！我不禁好笑。

"叔叔，你买银杏花环吗？"小男孩略显害羞地问。

"多少钱？"我无法拒绝那纯真如水的眼神，轻声问道。

"五块钱一个，都是拿现采的银杏叶和和花瓣编的，很漂亮的。"小男孩轻轻地说。

"好，我买一个——我没有零钱啊，你能破开吗？"伸手入怀，才发现自己没有零钱，只有一张五十块钱的人民币，于是我晃着手中的钱问道。

男孩那双炯炯有神的眼睛眨了又眨，然后说道："嗯……那你跟我来吧。"说完便转身离开。

"好吧。"

我跟在他后面，向巷子的尽头走去。

## 36. 神奇的花篮帽

小男孩带着我来到一个四合院，院子里还有一个年龄稍大的小女孩，大概八九岁的样子，正坐在小木凳上，聚精会神地编着花环。地上摆放着许多编织花环用的银杏叶枝条和鲜花，在旁边的竹筐里，五六个已经编好的花篮整齐地叠放着。

"姐姐，能破开五十块钱吗？"小男孩问道。

"能，把钱给我吧。"小女孩聪明伶俐，伸手接过了钱，然后从衣服侧面的兜里掏了半天，终于掏出一个灰布缝制的小口袋。我一瞧，里面全是零钱。

我心想：这下可解决问题了。

小女孩熟练地取出四张十块的，一张五块的，五张一块的，交给小男孩。

小男孩拿着零钱，认真地问我："你给了我五十块钱，买一个花环，花掉五块钱，找你四十五块，对吧？"

"没错！"我说道。

他十分谨慎地将这四十五块钱数了又数，确认无误后才递给我。小家伙的严肃认真，让我很是佩服。我七八岁时，还是只知玩闹的小屁孩。

从农家院出来时，我已经改头换面了，一顶漂亮的银杏叶花环戴在了头上。也许是银杏叶的清香与花瓣的芳香交织在一起，产生了化学作用。戴上这个美丽的花环，我整个人都神清气爽，心情舒畅起来。

## 37. 美食的诱惑

回到国萍农家乐已经是中午了，一进院子，扑面而来的饭菜香气让我垂涎三尺。厨房里人头攒动，"叮叮当当"的锅勺相碰的声音清脆悦耳，此起彼伏。

院子里，一张张小木桌摆放得整整齐齐，有几桌已经坐满了客人，服务员们忙得热火朝天。她们麻利地端出一道道美味佳肴，摆在食客面前。不一会儿，桌上变得丰盛异常。几乎每道菜都离不开银杏，怪不得叫银杏村呢！有银杏炖土鸡、银杏花炒鸡蛋、银杏炖小肠、银杏百合银耳羹……

碧绿色的银杏果经过烹炒处理，变得光鲜亮丽，色泽饱满，盛在盘中犹如一颗颗绿宝石，勾起人们的食欲。

在如此丰盛的美食面前，人们早已按捺不住，纷纷举起筷子，大吃特吃起来。

"你也坐下来一起吃吧！"黄大哥笑着对我说。

我应了一声，顺势坐在旁边一张空桌前。

"我给你每个菜都上一小份，你尝尝味道，价钱嘛，你给五十块钱就好了。"黄大哥边笑边说。

"好啊。"我特别想尝尝不同的菜，只是苦于一个人，菜点多了浪费，点少了又不甘心，黄大哥的建议正合我意。

银杏炖鸡的味道确实不错，银杏果甘甜、鸡肉鲜美。银杏花炒鸡蛋焦嫩可口，美味无比。还有黄牛肉炒芹菜也特别好吃。

## 38. 银杏村之最：银杏王、叠水河瀑布、千绝林

午休之后，我来院子里，看见黄大哥正在品茶。他招呼我坐下，沏了一杯浓茶给我。我俩就这样边品茶，边聊天。

"这两天，你看了银杏王和三叠水瀑布了吗？"他问道。

"没有啊。"我回道。

"这两个地方还是值得一去的。"黄大哥说。

"在哪里？"我急切地问。

"银杏王在江盈村，三叠水在陈家寨正门前的岔路口附近。"他补充道，"没有熟人领路，你是找不到的。"

我一听就泄气了。

他见我满脸沮丧，安慰道："老弟，正好现在我也没什么事儿，我开车带你过去吧！"

"那太好了，谢谢你。"我感激地说。

我再次坐上黄大哥的小夏利。他轻车熟路，没多久就到了江盈村，车子一拐弯，停在岔路口。

"里面路太窄，车子开不进去，咱们步行过去吧，没多远。"黄大哥说。

"好的。"我应允道。

我们向巷子深处走了十几米，便看见一株二十多米高的参天银杏树伫立在前方。三四个人才能抱拢的树干健硕、苍劲，显露出一种饱经岁月洗礼的厚重感。

"你可以爬上去看看。"黄大哥说。

我扒着石墙爬到树上，这才发现上面竟然还挂着一个木牌，上面详细记录了这颗古树的信息。

"银杏王，树龄，一千四百五十年。"

"一千四百五十年？"我震惊道。

我仰望上方，这株银杏王枝叶茂盛，生机勃勃，满树的叶子在午后温暖的日光下绽放着金色的光。

一睹银杏王的风采后，黄大哥把我拉到银杏村叠水河瀑布。由于地理落差巨大，龙川江在此处形成一道深深的峡谷，将两岸的村落分割开来。这道天然的沟壑足有几十米深，数百米长，放眼望去，龙川江在其中蜿蜒曲折，奔流不息。

在峡谷对岸，两股白色疾流从村寨边缘径直跌落到几十米深的峡谷中，形成两条天然瀑布，宛若两条白色蛟龙，上下舞动，蔚为壮观。水花拍打在龙川江上，发出如同狮吼般的声音，即使在相隔数百米的对岸，听起来依旧心惊胆战。

"好壮观啊！"我不禁感叹大自然的鬼斧神工。

李白那句"飞流直下三千尺，疑是银河落九天"用在此处，毫不为过。

回程的路上，我的思绪依然沉浸在叠水河瀑布的壮观奇景里，久久不能自拔。

经过一片松林时，黄大哥说："这就是千绝林。"

我定睛细看，和别的树林区别不大，只是林子更密，树木更多罢了。

## 39. 炭火盆前的思绪

　　下午的旅程新奇而又充实，若非黄大哥的引领，我定然会错过如此美景。

　　回到国萍农家乐时天色已晚，依旧点了几个特色菜细细品尝，虽然独自一人，但吃得也很是舒心。

　　"白老师，来，咱俩喝一杯。"黄大哥一手拿着茅台酒，一手握着两只小酒杯，笑容满面地走了过来。

　　他边说边把酒倒上，递到我面前。

　　我一看，实在盛情难却，就接过了酒杯。

　　"欢迎你下次再来我们家，记得一定要带上你的家人哦。"黄大哥说。

　　"好的。"我被他的热情所感染,回敬道,"谢谢黄大哥这两天的热情款待。"

　　"来，干了。"他豪爽地喝了酒。

　　平时滴酒不沾的我，也随之一饮而尽。

　　"白老师，你别小看我这个农家院，我可是银杏村最早开农家院的，你看看墙上挂着的照片，很多名人都来我店里吃过饭喽。"他指着门廊两侧墙壁说道。

门廊上挂满了相框，有敬一丹、崔永元及很多名人的照片。

我竖起大拇指……

吃罢晚饭，天色已晚，气温骤降，我冻得瑟瑟发抖。南方的冬夜真的好冷，只有亲身经历过的人才会懂得。

黄大哥把炭火盆搬了出来，添加了一些柴火，邀我一起烤火取暖。

这种铁制的火盆在南方农村很是普遍，由于没有暖气，一家人围坐在炭火盆前烤火取暖是再平常不过的事了。望着眼前舞动跳跃着的红红的火苗，耳畔不时地响起木柴燃烧时被火点燃所迸发出的脆响，一种久违的思乡情油然而生。

# 40. 马站镇的回忆

夜晚降临了，银杏村褪去白天的华丽与喧嚣，唯剩寒冷与孤寂。

第二天我早早起床，等王师傅来接我。今天是我在腾冲的最后半天了，按照既定行程，上午去火山公园，下午赶两点半的飞机回昆明。

王师傅很是守时，八点不到就开着车过来了。在和国萍农家乐的黄大哥告别后，怀着一丝不舍，一丝眷恋，我离开了美丽的银杏村。

车子行驶在公路上，道路两旁，金黄的田野，低矮的农舍，雾气萦绕的远山，以及头顶不时飞过的白鹭，一切都是那样神秘而真实。

车子行驶半个钟头后，来到马站，王师傅说这里是通往滇滩、自治两个边境口岸的咽喉要道，距离缅甸不过几十公里。

正逢周末，小镇上热闹异常，路两旁叫买叫卖的摊贩星罗棋布，各色农副产品应有尽有。我们被迫放慢速度，小心翼翼地行驶在川流不息的人群中。

王师傅边开车，边给我讲起马站的故事。

马站，顾名思义是指运输马帮歇脚的站口。在古时，陆上丝绸之路在我国境内的最后一站就在腾冲的马站。驮运丝绸的马帮翻越高黎贡山，经向阳桥从曲石进入此地。那时马站市场活跃，生意兴隆，当地百姓以从事贸易为主，民众丰衣足食。中原文化与西方文化在这里形成了交融，是腾冲早期文化、经济发展的源头。

望着眼前喧嚣的集市，熙熙攘攘的人流，我仿佛回到了那个遥远而又艰辛的时光：

在横断山脉的险山恶水之间，从云南向西北横上世界屋脊的原野丛林之中，绵延盘旋着一条神秘古道，它是我们这个星球上最令人惊心动魄的道路之一。千百年来，无数的马帮在这条道路上默默穿行。

经历着风霜雨雪，原始密林，毒虫野兽，瘟疫疾病，异常艰苦的野外生活，对任何一个赶马人和马锅头（马帮的首领）都是严峻的考验，稍有不慎，便会弃尸荒野，客死他乡。但马帮仍以它的坚毅与执着续写着不朽的传奇。

最后，以一首《赶马调》作为结尾：

夜晚，在松坡坡上歇脚，
叮咚的马铃响遍山坳。
我唱着思乡的歌喂马料，
嘶鸣的马儿也像在思念旧槽。
搭好宿夜的帐篷，
天空已是星光闪耀。
燃起野炊的篝火，
围着火塘唱起赶马调。
远处的山林里，
咕咕鸟在不停地鸣叫，
应和着头骡的白铜马铃，
咕咚咕咚响个通宵。
我听见呼呼的夜风，
在山林间不停地呼唤，
夜风啊夜风，
你是否也像我一样心神不安？
我看见密麻的松针，
在枝头不停地抖颤，
松针啊松针，
你是否也像我一样思绪万千？
我看见闪亮的星星，
在夜空里不停地眨眼，
星星啊星星，
你是否也像我一样难以入眠……

## 41. 放飞的热气球（上）

从马站镇出来十多分钟后，到达腾冲火山公园。公园位于横断山系南段，素有"天然地质博物馆"之誉。印度洋板块的特殊结构加上地球的内应力，形成了气势雄伟的横断山系，孕育了祖国西南境内的第四纪新生代火山群。

火山公园内有大空山、小空山和黑空山三座火山，呈三足鼎立之状。四周几十公里的火山更是多达九十多座。随着时光流逝，当年火山喷发的熔岩早已被充满生机的绿色植被所掩盖。火山爆发和剧烈的地壳运动，塑造了"中国之最"的自然奇观。

我提前买好电子票，所以入园十分方便。一进景区大门，首先映入眼帘的是两座雄伟的、馒头状的大山，茂盛的绿色植被覆满山头。路旁的指示牌上清楚地标明了大空山、小空山的方向。

沿着笔直的石子路行进，路边的树上拴着许多马儿，应该是供游人骑行用的。果不其然，几个皮肤黝黑的老乡走上前来，问我骑不骑马，我婉言谢绝了。

天空中，两只巨大无比的热气球缓缓上升着。我仔细一瞧，上面还有人。这极大地引起了我的好奇心，我还没有坐过热气球呢。

在询问工作人员后得知，乘坐热气球竟然要两百八十块。我再次望向那个高高飘荡在半空中的红色"精灵"，咬了咬牙，买票！乘坐热气球观察火山群是腾冲火山公园一个很著名的游玩项目，自然不能错过。

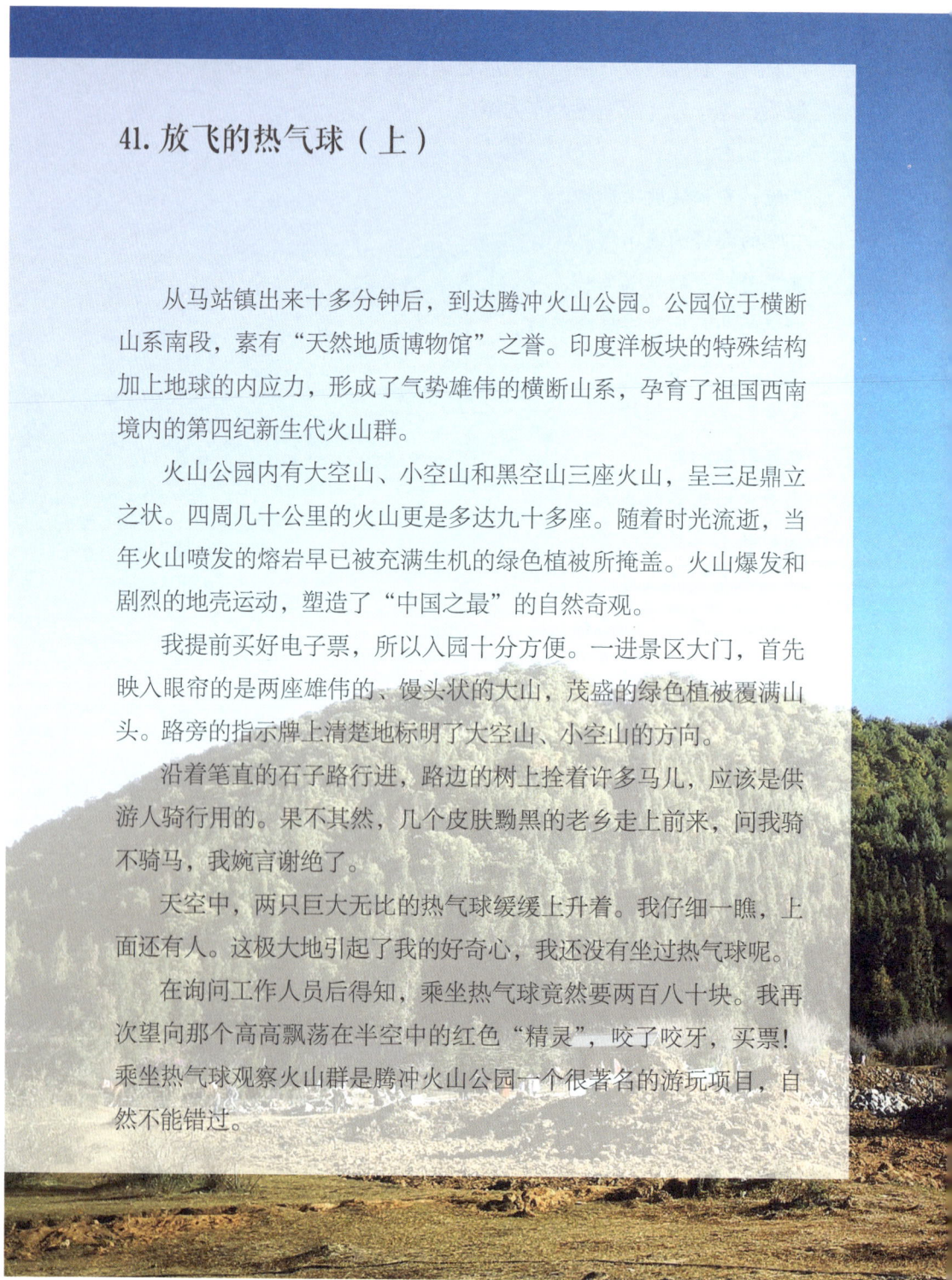

今天风和日丽，天气晴朗，是乘坐热气球的极佳天气。在工作人员的帮助下，我和另外四名游客登上热气球。再加上一个负责驾驶热气球的工作人员，一共六个人。

热气球是一个比空气轻，上半部是一个大气球状，下半部是吊篮的飞行器。气球的内部加热空气，这样相比外部冷空气具有更低的密度，作为浮力来使整体发生位移；吊篮可以携带乘客和热源。现代运动气球通常由尼龙织物制成，开口处用耐火材料制成。

在吊篮里，工作人员让我们一人站在一个角落，并要求在升空期间不能乱动，以免影响平衡。我们大家都点头应允。

# 42. 放飞的热气球（下）

我们乘坐的吊篮正中装有一个喷灯，喷灯的一端连接着一个燃料罐（和煤气罐差不多），旁边还有类似飞行仪表的装置。

"大家都站好了，我们升空了。"工作人员点燃喷灯，一股强劲的火焰瞬间从喷头里喷出，发出了"噗噗"的巨响。

一股强大的向上的力量拖着热气球缓缓升起。地面上，五六个工作人员顺势放着绳索（绳索的一端拴在热气球上），就好像一只被放飞的风筝，我们乘坐的热气球飞起来了。

视线中，树、房子，及人，变得越来越小，不一会儿就只有指甲盖大小了。不远处的大空山、小空山则越来越清晰。尤其大空山，几乎近在咫尺。

这时，一位女乘客突然尖叫起来，并用手捂住双眼，腿也直打哆嗦，眼看着整个人就要瘫软下去了。

"别怕，目光向远处看，不要乱动。"工作人员经验丰富，急声说道。

女乘客慢慢把手移开，目光直视前方，逐渐停止颤抖，一点点地站稳，站直。

"非常好，就这样，一会儿我们就下去了。"工作人员鼓励道。

我战战兢兢地扒在吊篮边上向下看，这种高度和透过飞机窗向外看的感觉截然不同。几百米高的落差，让地面上的树木和人都变成了芝麻粒，极度的直上直下会让人产生恐惧、眩晕之感。呼啸吹过的冷风时刻提醒着你，自己身处几百米的高空中。这种身临其境的体验，即使是不恐高的人，也会胆怯。

我学着他们的样子眺望远方，使自己放松下来，这才注意到，如斯美景何其壮观！

近处的大空山、小空山郁郁葱葱，好像两只绿色的大碗，倒扣在面前。人工开凿出来的登山小径在绿色的山体上十分显眼，如一道沟壑，从山顶贯穿到山底。黑洞洞的火山口透露着一丝神秘，星星点点的游人在周围闪动着。

再向远看，雄伟壮阔的火山群绵延起伏，伸向远方，萦绕于山间的那一层层白色云雾，虚无缥缈，亦真亦幻。藏青色的山脊，在这白色云雾的映衬下变得格外显眼，犹如一位大师勾勒出的线条，精美而灵动。好一幅清新淡雅的水墨画卷，我心里不禁赞叹着。

# 43. 大空山山顶的火山口

当热气球安全着陆的那一刻，大家的心才放下。是啊，欣赏美景是需要付出代价的，靓丽风景的背后总有难以想象的艰辛。

我沿着大空山上的几百级石阶，徒步向上攀登，不到半小时就到达了山顶。

首先映入眼帘的是一个巨大的深坑，上宽下窄形如碗状，这便是火山口了。在山顶还有一块用火山石筑起的石碑，上刻"天问"二字。登上山顶的游人都会围着火山口走上一圈。如果你体力不支，可以选择骑马游览，骑行一圈六十元。

沿着火山口外围的碎石路，我小心翼翼，边走边看。这时我发现，在火山口底部还堆积着大量蜂房状火山碴（也叫浮石）。这种浮石有大有小，有的体积虽大，重量却很轻。一块桌面大的浮石，一个人就可以轻松举起来。

明代著名旅行家徐霞客到此游览时也对浮石有过细致的描述："山顶之石，色赭赤而质轻浮，状如蜂房，为浮沫结成者，虽大至合抱，而两指可携，然其质仍坚，真劫灰之余也。"

# 44. 神奇的柱状节理

火山地质公园的门票除了大、小空山景区外，还包括柱状节理与黑鱼河。这两处景点距离火山公园七八公里远。

12月的腾冲早晚气温较凉，白天温和舒适。太阳此时已经升起老高了，柔和的阳光照在身上，暖暖的。

车子在崎岖的山路中行驶了十多分钟，来到了一处崖边，这里有一个不大的观景平台。

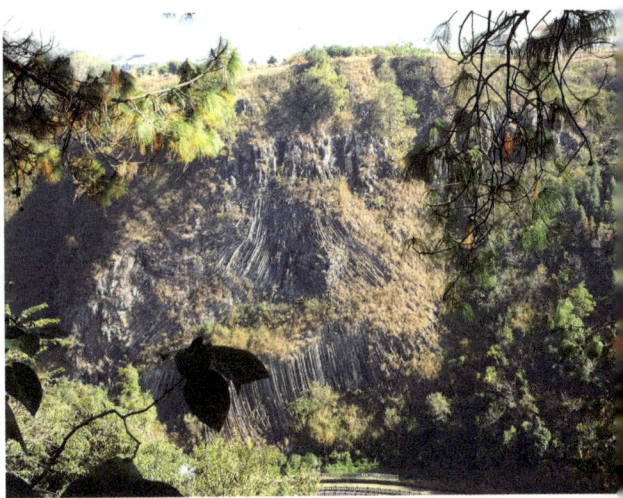

"从这里可以看到柱状节理的全貌"，王师傅边下车边和我说着。

我寻着方向望去，只见对面的崖壁果真十分的奇特。一大片灰色的火山岩如同被人拿梳子硬生生地梳理过一般，被梳理出的那一根根细长的火山石柱密密麻麻，错落有致。远远望去，如同灰山羊身上的羊毛，从崖顶延伸到崖底，多得数也数不清。

这就是传说中的柱状节理了。

火山爆发时喷出的未露于地表的岩浆冷凝后形成的柱状结晶，地质学上称为"柱状节理"。腾冲的柱状节理是我国迄今为止发现的规模最大、保存完整、年代最近的柱状节理。它可以与爱尔兰的巨人堤道、韩国济州岛的柱状节理相提并论，为中国境内柱状节理之首。

## 45. 探源黑鱼河

　　从柱状节理谷底，沿火山碎石小道步行约一点五公里即可到达黑鱼河。因我要赶下午两点半的飞机，时间仓促，所以只能由王师傅开车带我去。

　　关于黑鱼河，还流传着一个凄美的传说：

　　鲁班有个女儿叫鲁姬，心灵手巧，貌美如花。一年，玉皇大帝派鲁姬去腾冲山里造一座桥，以方便百姓日常行走。鲁姬领命前去造桥。谁知山上住了一条黑龙，对鲁姬垂涎三尺，一心想得到她，可鲁姬拼死不从，还把建好的桥给毁了。玉皇大帝听说后十分气愤，把黑龙变成一块顽石，定在山谷里。黑鱼河的河水，便是鲁姬在毁桥时流下的眼泪化成。

　　现实中的黑鱼河，其实是从山腰间渗透出来的两股泉水，在出水口汇合后奔流数百米，融入腾冲的龙川江。

　　这条见尾不见首的黑鱼河，水质异常清澈、甘甜，当地人常常直接取用。一种不知名的水草摇曳在岸上、水下，一如翩翩起舞的精灵。

　　黑鱼河的得名，是因为每年的秋冬季时，会有大量筷子大小的黑鱼随泉水涌向地面，人们用简单的捕鱼工具就能轻松抓捕到这些小黑鱼。

　　黑鱼河冬暖夏凉，夏天时人们直接用以冰镇饮料、水果，冬天时水温较高，水汽蒸腾，如同神秘仙境。

　　看到这一切，谁都会诧异，在腾冲，随处能见的是温泉和地热，为何单单这条黑鱼河，会在平日里流淌着如此清凉的泉水？

　　黑鱼河静静地流淌了千百年，从未干涸过，在每年的丰水期，水量会大一点；河中水草常年碧绿，唯有两岸的灌木丛会随着气候的变化而发芽生长，落叶凋零。

　　20世纪80年代，长春电影制片厂拍摄的电影《武当》，便是在此取景，只不过时过境迁，如今早已被人们淡忘了。

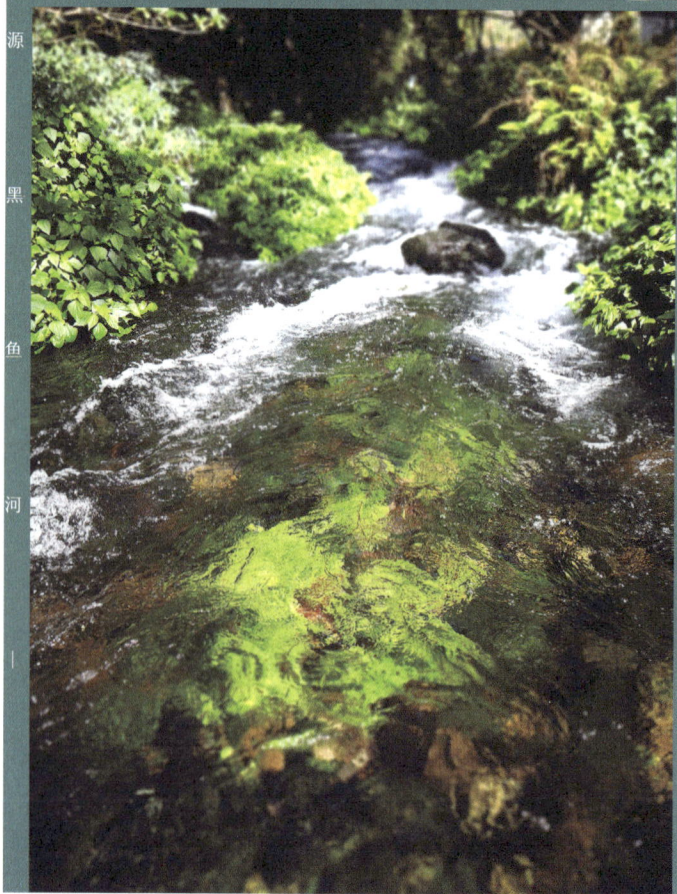

一 探 源 黑 鱼 河 一

# 46. 光阴的故事（完结篇）

黑鱼河之行来去匆匆，只走马观花地游览了一遍。如有机会，一定徒步穿越黑鱼河至柱状节理这一段。

在回程的飞机上，我望着窗外湛蓝的天空、洁白的云朵，思绪万千。这八九天来经历的一幕幕，不时在脑海中浮现。

最后，作一首小诗《光阴的故事》，为本次腾冲之旅画上句号。

世界那么大，我想去看看。
世界那么美，任我去翱翔。
如画般的风景固然美，
纯真的友谊更珍贵。
喜欢路上遇到朋友，
因为他们每个人都是一个故事，是一首歌，
在那个记载着美好时光的日记本里，
大家共同谱写出一本光阴的故事集，
而故事主人公恰恰是你，是我，也是他（她）。

一 个 人 的 旅 程

第三篇　青山绿水，阳朔兴坪

# 漓江主要景点路线图

桂林市

桂磨公路

20公里

大圩古镇

石家渡大桥

竹江码头

古东景区

草坪乡

冠岩景区

望夫石

乡吧岛

16公里

半边渡

石人推磨

杨堤风光

浪石览胜

12公里

九马画山

31公里

23公里

黄布滩

兴坪镇

螺蛳山

渔村

19公里

17公里

世外桃源景区

16公里

白沙镇

龙头山

阳塑码头

福利镇

9公里

碧莲峰

阳塑县

# 阳朔兴坪行程攻略

（4月21日至4月25日）

桂林汽车客运总站，坐车至阳朔，65公里，90分钟，27元

### Day 1　4月21日

　　行程：中午逛阳朔西街，下午租电动车去大榕树、月亮山，晚上在竹林水寨农庄吃饭，晚上回到阳朔西街。

　　景点：阳朔西街（12:30-14:00），大榕树（14:30-15:30），月亮山（15:30-17:30），竹林水寨农庄（17:30-18:30），阳朔西街酒吧（20:30-22:00）

　　入住：阳朔泰美精品酒店

　　地址：阳朔县芙蓉路10号，阳朔西街

### Day 2　4月22日

　　行程：上午租电动车骑行到骥马码头，坐竹筏遇龙河漂流；在漂流终点工农桥下筏，徒步回骥马取电动车，骑行途经旧县去道富里桥，下午骑回阳朔。晚上在阳朔观看"印象刘三姐"表演。

　　景点：遇龙河漂流（9:30-11:30），遇龙河徒步（11:30-13:30），富里桥（14:30-15:30），印象刘三姐（19:00-20:30）

　　入住：阳朔泰美精品酒店

　　地址：阳朔县芙蓉路10号，阳朔西街

Day 3　4月23日

行程：上午登阳朔电视塔观日出，租电动车去世外桃园；中午在阳朔汽车站坐车去兴坪（15分钟一趟，车程40分钟），在兴坪县老寨山水相依客栈安顿好住处；下午登老寨山顶看日落。

景点：阳朔电视塔观日出（5：00-7：30），世外桃源（9：00-12：00），兴坪古镇（13：30-15：30），老寨山观日落（16：00-19：30）

入住：阳朔老寨山水相依客栈

地址：阳朔县兴坪镇榕潭街兴坪码头旁，老寨山下

Day 4　4月24日

行程：早晨游览20元人民币观景点；上午，兴坪至杨堤竹筏游（黄埔倒影、九马画山）；中午，徒步从九马画山返回兴坪；下午去兴坪古镇必江生态小店；坐摆渡船去对面的大河背村观看古榆树；在漓江边观看鸬鹚捕鱼人。

景点：20元人民币观景点（6：00-7：30），兴坪杨堤竹筏游（黄埔倒影，九马画山）（9：00-11：00），兴坪古镇（13：30-15：00），大河背村古樟树（15：00-16：00），漓江鸬鹚捕鱼人（16：00-17：00）

入住：阳朔老寨山水相依客栈

地址：阳朔县兴坪镇榕潭街兴坪码头旁，老寨山下

**Day 5　4月25日**

　　行程：早晨，游览烟雨漓江；上午，徒步翻山去古渔村；中午横渡漓江，途经螺蛳山；下午，攀登大面山。下午四点从阳朔站坐动车回桂林。

　　景点：烟雨漓江（6：00-7：30），古渔村（9：00-11：30），螺蛳山（11：30-12：30），大面山（13：00-15：00）

　　回程：坐动车从兴坪回桂林（1小时）下午17：00

## 1. 初识阳朔

素闻"桂林山水甲天下，阳朔山水甲桂林"，故此次专程造访，一偿夙愿。

4月，桂林气候凉爽，桂花（四季桂）飘香。驱车数十里，于中午抵达阳朔。小镇被群山环抱，绿水叠桥，商铺林立，酒吧遍地，喧闹有余而雅致不足，与大理丽江如出一辙。

听故人云，三十年前，阳朔民风淳朴，娴静素雅，酒家客栈屈指可数。如今，唯美景致，难觅踪迹。

我与同伴住在泰美客栈，因远离西街，颇为清净，略作休整，期待下午行程。

## 2. 大榕树与月亮山

此次阳朔兴坪之旅，恰有当年北语同学（Li 姐、Mo 姐）为伴，我们在街头雇了本地导游（二十块），租了两辆电动车，一行四人驱车向南，直奔月亮山。行至大榕树景区时，特停留片刻，一睹千年古榕真容。据闻，此树树龄达一千四百余年，电影《刘三姐》曾在这里取景。

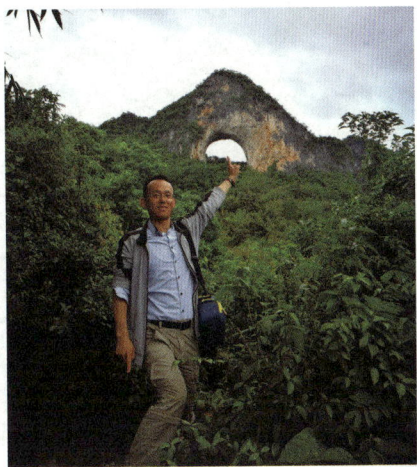

古榕躯干挺拔，枝繁叶茂，方圆十几米，均为其所覆，其身之伟岸，姿之雄伟，尽显一木成林之势。

别过大榕树，前行一公里，抵达月亮山。月亮山是一座天然石拱，两面贯通，造型奇特，远看似皓月。

导游留下来看车，我们三人沿着羊肠小道，徒步登山。山上植被茂盛，道路不时被枝叶所挡，花了一小时才到达山顶。

拱形石洞穿山而过，几十米高，气势如虹，与天门山石洞不分伯仲。置身洞下，冷风习习，寒意顿生。

举目远眺，群山犹如雨后春笋般拔地而起，一望无际。桂林之山称甲天下，果然名不虚传。

穿过石拱，继续上行，可抵后山。此处有一观景平台，可近距离观赏拱洞真容。月亮山犹如一头性情温顺的巨象，静静地伫立在天地间。

说也奇怪，方才洞下冷风习习，寒意阵阵，这平台上却浪静风平，别有一番风景。

## 3. 竹林水寨农庄

下午五点多，我们从山上下来，远远就看见帮忙看着电动车的导游大姐。我们问她，附近有没有农家乐之类的去处，这样既可品尝当地美食，也可休整片刻。

导游说月亮山地处高田乡，周边有很多农家院。她把我们领到一个名为"竹林水寨"的村庄。

当电动车淌水渡过进村的唯一石桥路面时，水花四溅，十分刺激。

村口的几簇竹丛茂密挺拔，这是一种阳朔特有的竹子，由于枝干粗壮、笔直，自古就被人们用来制作竹筏。

穿过竹丛林，我们被眼前的景色惊呆了，这里真的宛若世外桃源一般：青山苍翠，溪水疾回，田野碧绿，屋舍隽雅，群鸭游水，小童不归。

　　导游大姐将我们领到田园水寨的一个农家院。Li 姐和 Mo 姐都是有名的"吃货"，在她俩的带领下，我尝到了当地特色菜——杜果剑齿鱼（鱼肚皮是黄色的），鱼肉鲜美，杜果香甜。

　　闲暇之余，我们绕着田园水寨走了一圈，越发觉得这里山清水秀，景色绝美，真想在这里多住上几日，享受难得的清净与惬意。

　　听老板讲，外地人都不知道田园水寨，本地人常在周末举家来此小住，所以这里才如此宁静质朴。

　　看着眼前如画美景，赋诗一首，以示留念：

青山绿水莫辜负，雨打漓江处处花。
莺飞燕舞声声近，水没石桥有人家。
竹林水寨风光美，剑齿鱼儿回味长。
他日我若再于此，多住几日又何妨。

## 4. 雨夜西街

　　告别美丽的竹林水寨，迎着淅淅沥沥的小雨，一路疾驰，半个小时光景便骑回阳朔。和导游大姐约好明日行程，即匆匆别过。

　　回到泰美，美女老板甚是热情，知无不言，言无不尽。忽见窗外天色已晚，华灯初上，歌舞笙箫，不免心中向往，和同伴一起徒步阳朔，踏访西街。

　　雨夜的西街，依旧人头攒动，商家店铺比比皆是，形同大理，又似丽江。我们选择一家清吧，听歌喝茶，倒也自在。

　　侧目窗外，灯火阑珊，不禁感慨时光荏苒，白驹过隙，怀念故人口中旧时模样……

一　　　雨　夜　西　街　　　一

## 5.阳朔的清晨

第二日早起，独自一人，沿着阳朔主路，漫无目的地行走。

清晨的阳朔是宁静的，也是美丽的。褪去纸醉金迷，卸下喧闹嘈杂，沉淀下来的，只是几座山、一潭水、一座城，容得你去细细品味，慢慢赏玩。

初升的太阳害羞地躲到云层之后，柔和的光透过云的缝隙抛洒在山间，倾倒在了水面上。山也朦胧，水也迷离，如同山水古卷。

江边，一个老人正在摆弄着他的鸬鹚，等待着游人的合影。在他身后，江水奔流不息，这就是阳朔再平凡不过的一个早晨。

## 6. 遇龙河漂流

　　早饭，我们一人吃了一碗螺蛳粉，味道很不错。导游大姐帮我们买了打折的遇龙河竹筏票，不到九点，我们就在骥马码头登筏了。

　　遇龙河竹筏漂流可谓阳朔美景的精髓，以骥马码头为起点，工农桥码头为终点，全长六点五公里，途经九道堰坝，落差适中，漂流时长两小时。

　　筏工技艺娴熟，手撑竹竿，仅凭一己之力操控筏舟行于河面，穿梭自如，游刃有余。每逢堰坝，水流湍急，落差达一米有余，筏工重心微降，左右撑拖，令竹筏稳如泰山。

　　Li姐和Mo姐一筏，我独人一筏。筏工大哥年过五旬，皮肤黝黑，体格健硕。见我独自一人，便滔滔不绝，与我攀谈起来。闻我识水性，破例许我站在筏上，一览遇龙河美景。

　　正是：
　　竹排小小江中游，遇龙河水载青舟。
　　湍急溪水碧波荡，两岸青山携白首。
　　十里画廊峰林秀，九道堰坝水疾流。
　　览尽中华江山美，奇秀还瞰玉龙洲。

一　遇　龙　河　漂　流　一

## 7. 徒步遇龙洲

在工农桥码头下了竹筏后，我们仍意犹未尽。忽然想起电动车还在骥马，没有选择，只能徒步原路返回。

遇龙河沿途风光秀美，景色醉人。我们三人沿河岸羊肠小道，边走边玩，赏青山，观绿水，置身田园里，人在画中游。

就这样走走停停，行至水厄底，忽见一片树林，绿水红花点缀左右，便选择在此小歇。Li姐拿出青杧，Mo姐取出陶刀，三下五除二便将果肉分离，三人捧在手内，吃在嘴里，甜在心间。古有曹操，青梅煮酒论英雄；今有"三闲"，遇龙河畔啖青杧。

青舟似浮叶，苍山水中游。
群鸭争戏水，老农犁耕牛。
田园风光美，尽在玉龙洲。

## 8. 途经旧县

　　回到骥马已是中午时分，取上电动车，三人朝着遇龙河上游的白沙古镇疾驰开去。河畔青石小路迂回曲折，好在我驾驶娴熟，带着两人也不觉吃力。

　　今日天公作美，晴空万里，微风拂面，车行于阡陌间，赏不尽玉龙美景，看不完田园风光。河道两畔，青山万座，良田千顷，稻田碧绿，油菜金灿，茅舍寒而炊烟起，群鸭惊方碧波澜。

　　行至一农家，随遇而安，粗茶淡饭饕餮客，鸡犬相闻画中人。

　　酒足饭饱，继续前行，途经旧县，群山环抱，屋舍俨然，地杰人灵出名仕，青山绿水养天年，好一派田园风光。

## 9. 借道富里桥

从旧县出来，我们直奔白沙镇。路上指示牌还算清晰，没费多大周折，就到达白沙。

之前查攻略说白沙镇也不错，可到了这里才发现和其他镇子区别不大，商铺林立，街道井然，就未做过多停留，直接向着下一个目的地——富里桥出发。

这就是自驾的好处，心随意动，想去哪里自己说了算。

但现实的问题摆在眼前，富里桥怎么走？我只知道离白沙镇不远，可并不知道具体路线。同伴更是一头雾水，两眼茫然。导航在这里根本不好使，乡村小路，什么也导不出来。

没办法，只能问路。恰巧有一对爷孙在树下乘凉，Li 姐下车去问，不一会儿便满脸笑容地回来了。

"出发。"她兴奋地说。

"怎么走啊？"我不解地问。

"老人答应给我们带路，咱们跟着他就好了。"

"真的？"我和 Mo 姐异口同声地说。

"当然。"Li 姐肯定地回答。

这时，老人骑着一辆摩托车，载着小男孩，开到我们跟前。

"走吧，我正好也要去富里桥，跟着我走就行。"说罢，老人一脚油门，摩托车一阵风似的窜了出去。我赶紧启动电动车，紧随其后。

老人轻车熟路，在他的带领下，我们七拐八绕地穿村庄，越小巷，二十分钟后到达富里桥畔。

富里桥位于岩塘村上游，是遇龙河漂流最靠近源头的一段，许多自由行的游人都会选择"金龙桥—富里桥—金龙桥—旧县"的遇龙河上游竹筏漂流线路。这条线路虽然不如骥马到工农桥段刺激，时间也略短，但可以近距离感受古桥，也很不错。

我们把电动车停在溪边，徒步向富里桥进发。虽然前一天下了大雨，但此处的水质却依然清澈碧绿，与遇龙河发黄的河水大相径庭，实属不易。

"哗哗"的流水声不觉余耳，寻声望去，只见一座古石桥伫立河间，桥面被绿色植被包裹，依稀可见青石桥墩呈单拱形，横跨江面。两岸植被茂盛，绿树参天，青山做帐，将石桥埋没其中，若不细看，真宛若一尊参天大树横卧江面。这便是传闻中的富里桥，果真名不虚传。

这座富里桥始建于明永乐年间，至今已有五百余年历史，石桥长三十米，宽五米，高十米，造型柔美，远远望去，水中倒影恰似一轮满月。

我们来得正是时候，此时正值午后两点，光线极佳，加之今天天气大好，晴空万里，碧波微荡，溪水潺潺，古桥柔美，试问在这世间，还有何等景色能与之相媲美？

正是：

青山绿水做纱帐，

富里桥边结良缘。

若能锁住伊人影，

只羡鸳鸯不羡仙。

## 10.《印象刘三姐》

从富里桥回到阳朔已经是下午五点，和导游大姐订好《印象刘三姐》的演出门票，我们就回泰美客栈歇着了。

《印象刘三姐》每晚演出两场，七点半一场，九点一场，演出时间大约一个小时，我们看的是前一场。由于是室外演出，很多宏大场面需要在远处才能看到全景，而歌舞节目则是坐在前排比较好，各有利弊吧。我们坐的位置居中，看全景距离有点近，而看歌舞表演又离得太远，比较尴尬。建议大家选择靠近前排的座位比较好。

张艺谋、王潮歌最早的印象系列，将刘三姐的经典山歌、广西少数民族风情、漓江渔火等元素创新组合，不露痕迹地融入山水，还原于自然，是我国第一部全新概念的"山水实景演出"。放在十多年前应该还算不错，但拿今天的审美要求、视觉特效去评判就很一般了。

各个章节衔接不够连贯，舞台灯光也没想象的惊艳，坐在中间的位置基本看不真、听不清演员的表演。本应出彩的漓江渔火，由于光线太暗，距离较远，也大打折扣。当然，这也许是因我看多了同类型实景演出，导致心里期待较高。

## 11. 电视塔半山观日出

来阳朔已三天有余，未能一览阳朔日出风采，难免有些许遗憾。

早上五点便睡意全无，忽然脑中灵光一闪，之前攻略上似有提及阳朔有一电视塔，可登高远眺日出之宏伟，并一览阳朔县全貌，于是赶紧出发。

外面天光未亮，街上仅有清洁工寥寥数人。由于行动唐突，未做准备，现在怎么找到电视塔的入口呢？

恰巧此时，一摩的沿街边缓缓驶来。救命稻草岂能错过，赶紧挥手拦下，表明用意。

司机大哥朴实憨厚，笑容满面地说："五块钱，上车。"

摩的迅疾地穿行于阳朔大街小巷，片刻光景，便来到一巷子尽头，石板台阶直通山上。心中窃喜，付过车钱，以百米冲刺的速度直冲山顶。

　　登山石阶依山而建，左右盘旋，难见尽头。疾冲二十分钟，依然迟迟不见山顶，此时东方破晓，天光渐亮，我焦急地加快步伐，跑得汗流浃背，嘘嘘气喘，直至精疲力竭地瘫坐在地。我眺望着东方一轮红日，于山峦夹缝间冉冉升起，百感交集，顿足不已。

　　索性就地观日出，虽身处半山腰，但阳朔山水依然美艳，一片红晕浸染天边，旭日宛若晶莹剔透的蛋黄，令人垂涎。群山峻岭之间，漓江蜿蜒流淌着，县城上空升起袅袅炊烟，升腾雾气轻盈地流动，虚幻缥缈，疑非人间。

　　太阳冉冉升起，我渐复了些体力继续向上攀爬，不多时便来到山顶。此时，山顶已盘踞数人，一问方知，皆是不辞劳苦，于四点登山，不禁为众人探奇之精神所折服。

　　众人中，唯一一个女性来自台湾，谈吐不凡，文江学海，遍走三山，尽访五岳。人外有人，天外有天，吾途漫漫，上下求索，中华锦绣，博大精深，不惑之年，初探霓端。

## 12. 世外桃源

上午和导游大姐约好，来到阳朔的世外桃源景区。

世外桃源是仿照陶渊明先生的《桃花源记》修建的一个人造景点，门票一百元。景区旅行团爆满，排了两个小时队，只为乘船十五分钟游览燕子湖，体验一把过山洞，忽逢桃花林的惊喜，结果却是惊喜不见，失望至极。

景区尽量还原了桃花源记描写的场景，但人造痕迹过于明显，与阳朔青山绿水的自然风光相比，逊色十分。倒是侗寨建筑和抛绣球活动更吸引眼球，我还抢到了一个绣球。

五柳先生《桃花源记》载：

晋太元中，武陵人捕鱼为业。缘溪行，忘路之远近。忽逢桃花林，夹岸数百步，中无杂树，芳草鲜美，落英缤纷，渔人甚异之。复前行，欲穷其林。

林尽水源，便得一山，山有小口，仿佛若有光。便舍船，从口入。初极狭，才通人。复行数十步，豁然开朗。土地平旷，屋舍俨然，有良田美池桑竹之属。阡陌交通，鸡犬相闻。其中往来种作，男女衣着，悉如外人。黄发垂髫，并怡然自乐。

见渔人，乃大惊，问所从来。具答之。便要还家，设酒杀鸡作食。村中闻有此人，咸来问讯。自云先世避秦时乱，率妻子邑人来此绝境，不复出焉，遂与外人间隔。问今是何世，乃不知有汉，无论魏晋。此人一一为具言所闻，皆叹惋。余人各复延至其家，皆出酒食。停数日，辞去。此中人语云："不足为外人道也。"

既出，得其船，便扶向路，处处志之。及郡下，诣太守，说如此。太守即遣人随其往，寻向所志，遂迷，不复得路。

南阳刘子骥，高尚士也，闻之，欣然规往。未果，寻病终，后遂无问津者。

## 13."那家小店"的午后时光

别过阳朔的青山绿水，我们踏上前往兴坪的旅程。半个小时的车程转瞬即逝，在之前订好的老寨山水相依客栈安顿下来。老板是一对快乐的母子，热情地帮我们提行李，安排房间，有种回家的亲切感。

兴坪这座百年古镇处处都渗透出一种质朴与沧桑。

下午闲来无事，我们无意之中寻到"那家小店"，这里的招牌菜酸笋与炒树皮很有特色，牢牢地抓住了我们的胃，让人欲罢不能，还想再来。十多

度的果酒也是香甜纯美，回味
无穷。

　　美食相伴，美酒相随，我们
在店里整整待了一下午，畅聊
甚欢。

　　正是：

　　湍急漓江水，绵延万重山。
　　纯香妃子笑，酸笋树皮干。
　　（注：妃子笑是一种当地的
果酒的名字）

## 14. 老寨山水相依客栈的前世今生（上）

当阳光穿过云层照射到竹筏之上，两岸的鸟鸣惊扰你的思绪，姿态万千的山峰，清澈见底的江水，曲折萦回在千山万壑之间，山环水转，漓江的容颜也一点一点展现在你的眼前。

但是，身处美如画的漓江风景之中，却无法一窥它的全貌，这样的漓江行是远远不够的。漓江泛舟的意境虽美得足以让人沉醉，但漓江最美的景色却得从一个日本老人说起。

　　1996 年 11 月，一个叫林克之的日本游客来到阳朔兴坪，在未被开发的老寨山，待他历经艰难爬到山顶，眼前的美景令他惊喜万分，蜿蜒漓江一览无余，两岸奇峰尽收眼底，宛若置身仙境。

　　夕阳西下，连绵数十里的山峦披上了晚霞，漓江两岸数千亩冲积平原被染得一片金黄。

　　晚风吹过，炊烟袅袅于田野阡陌之间，风声中隐约能听到归鸟在山间的振翅，远方不时传来几处人声、犬吠，还有渔夫带着乡音的船歌。

　　他为眼前这奇异秀丽的山水风光动容，一刹那，这个日本老人做了一个意想不到的决定，留在这里，他要为老寨山修一条上山的路，让所有来到这儿的人，都能看到这里绝美的景色。

　　就为这个决定，远在日本的家人以为他疯了，等不来日思夜盼的结发妻，

却等到了一纸"离婚书"。但他还是留下来了，在老寨山无怨无悔辛苦三载。

修路，需要大笔资金。除了接受零星的社会捐款与帮助外，绝大部分时候的他，不得不拼命打工挣钱。他当过出租车司机、保安、建筑工，清洁工……

最穷困的时候，他没钱请人，便独自将数十斤的泥沙、石板一次次地挑上山。最终，他修了一条山路、一架铁梯、两个凉亭。

当地政府为了鼓励他这种精神，就在老寨山下的和平亭为他立碑以颂扬，同时在山脚下送给他一块地盖了一间房子，他还不忘在房子后面建一座公厕方便人们使用。

后来，林克之在这片地上建起一座"老寨山旅馆"，并娶了一位中国妻子（一位年轻的中国姑娘，偶然看了一部有关"洋雷锋"林克之的电视纪录片，心生情愫，一段奇妙的跨国之恋由此展开），并生下了孩子林喜多郎，老来得子，林克之对这个孩子也格外宠爱。兴坪本地人都知道这个倔强的日本老头有着一个可爱的中国儿子。

# 15. 老寨山水相依客栈的前世今生（下）

如今，近二十年过去了，林克之也由一个中年人变成了白发苍苍的老者，一家三口的生活依然十分拮据，他和中国妻子惨淡经营着那间小小的客栈。

每天，妻子留在店里招呼客人。林克之则会上山，打扫着他熟悉到不能再熟悉的山路，默默地清理游人留下的垃圾。

2016 年，老人年纪大了，已无心亦无力经营客栈，于是把老寨山客栈交给了一个年轻人。年轻人花光自己全部的积蓄，把老寨山旅馆翻新了一遍，他说，他想给来过的人留下最美好的回忆，不仅是绝美的山水风景，还有如家般干净整洁的住宿环境。

老寨山旅馆现已更名为老寨山水相依客栈。如今，水相依客栈俨然成了一处传奇之所：洁净的二层小楼，富有诗意的院落，长满青苔的石板寄语墙，红色的木质家具，往来穿梭的摆渡，还有勤劳朴实的老板母亲，真的很赞。

## 16. 老寨山赏日落

下午在客栈小厅品茶聊天，老板母子拿出蜜柚款待，柚子果肉酸甜可口，味道极佳。席间又结识陶然农耕小于，专注绿色食品，专业所及如数家珍。

天色渐晚，我们整装待发，欲登老寨山观日落。

人云："桂林山水在阳朔，阳朔山水在兴坪。"兴坪美景众多，又以老寨山日落为最。

一行三人，简装快履，沿登山石阶徒步攀爬，石阶时而陡峭，直上直下，时而迂回，盘旋曲折，加之时逢初夏气候炎热，不知不觉间汗湿衣裳。

遥想当年林克之，修此登山石道，栉风沐雨，矢志不渝，绝非常人可比。耗时一小时，终达山顶。回望千余登山石阶，均在脚下。

此时，清风扑面人含笑，花香鸟语悦我心。

老寨山顶视野极好，将兴坪美景一览无余。

只见：

漓江蜿蜒如玉带，千峰聚首少白头。
览尽田园风光美，青舟飘过万滩头。

片刻光景，夕阳西坠，红霞映天，山也迷离，水亦朦胧，千山览尽层层染，万水踏绝脚下川，老寨山顶观日落，壮美山河天地间。

— 老 寨 山 赏 日 落 —

## 17. 难忘的兴坪之夜

兴坪的夜晚是宁静的，也是孤独的。不同于阳朔的纷纷扰扰，摩肩接踵；更没有丽江的灯红酒绿，歌舞笙箫；你会在这里感受到那份久违了的恬静与清新。

夜幕降临，本就不大的兴坪古镇鲜有游人，昏暗的路灯散发出迷离的色彩，让人不由心生孤独。街边的大排档生意冷清，偶尔路过的行人也都行色匆匆，不加停息。

我们随便找了一家大排档坐下，要了一份烤鱼和几个小菜，悠闲地吃了起来。

这时，几个金发碧眼的外国人正巧坐到邻桌，他们大抵想吃米线，但因菜单上米线种类太多，导致选择困难。

其中一人指着菜单，支支吾吾说了半天，生硬的汉语里夹杂着英语。老板听得更蒙，半天才弄明白原来他们想吃米线。好不容易下了单，端上来的米线中又放了辣椒，这几个老外辣得眼泪都掉下来了。

# 18. 兴坪的清晨

次日清晨，早早起来，徘徊于漓江江畔，偶遇小于，便相约一道游览。

但见：

清清漓江水，倒映万重山，不识真假面，涟漪推波澜；

虚竹枝繁茂，妇人江边浣，吾自登舟眺，青山绿水间；

江南喜烟雨，最美老寨山，一叶扁舟过，惊醒画中仙。

# 19. 兴坪杨堤竹筏游（黄埠倒影，九马画山）

　　回到老寨山水相依客栈，简单吃过早饭，便踏上今天的主要旅程：杨堤至兴坪漓江竹筏游。这一段是漓江精华所在，也是众多电影的取景地，包括李连杰主演的《少林寺》。

　　由于我们住在兴坪，自然选择从兴坪至杨堤逆流而上的游览路线，四人一筏（电动）往返一百八十元。

　　伴随着轰鸣的马达声，我们的竹筏宛若离弦之箭，飞驰于漓江之上。

　　但见：

　　两岸奇峰回转，近水绿波推澜；

　　小筏浮游直上，黄埠倒影相伴。

　　漓江杨堤至兴坪这一段果真名不虚传，曲折蜿蜒，碧水萦回，景点密布，奇峰倒影，竹木葱郁，让你能身临其境地领略到"江作青罗带，山如碧玉簪"的妙处。

　　当我们还沉浸在黄埠倒影的奇峰异景时，竹筏已在不知不觉中来到著名的九马画山脚下。

　　关于九马画山有一个美丽的传说：

　　九匹天宫神马，趁齐天大圣孙悟空任"弼马温"时看管不严，偷下凡间。不巧在漓江边饮水时，被一画工看见。画工刚想提笔画下此景，哪料想群马受惊，慌乱之中误入石壁而永留人间。由于它们均为神马所变，因而形态莫测，难以辨认，所以历代流传着这样的歌谣："看马郎，看马郎，问你神马几多双？看出

七匹中榜眼，能看九匹状元郎。"

若想在九马画山石壁上看出九匹马的形态，要靠自己的想象力和灵感才行，否则至多能看出四五匹。

1960 年，周总理与陈毅元帅同游漓江时，二人面对九马画山揣摩许久。周总理问陈毅看出了几匹，陈毅元帅答"八匹"。接着陈毅又反问总理看出了几匹，周总理答："比你多得多了。"

陈毅元帅不服地问道："一共才九匹，哪有那么多？"

周总理笑着说："还有水中的倒影，加起来一共十八匹。"

九马画山，青绿黄白，众彩纷呈，浓淡相间，斑驳有致。

清代诗人徐云增赋诗赞叹：

自古山如画，而今画如山。

马图呈九首，奇物在人间。

## 20. 徒步漓江返兴坪

我们上午九点从兴坪坐竹筏出发，到达杨堤时近十一点。此时大多数游客都会选择再坐竹筏原路返回（费用已含在船票里），或是在杨堤坐车回兴坪。

原计划从杨堤沿着漓江徒步回兴坪，但考虑距离太远，还得过三次摆渡实在麻烦，便乘竹筏先返回至九马画山，然后再徒步回兴坪。

筏工大姐太认真，不敢中途放我们下船，还得我们打电话和竹筏公司确认才行。下船地点正好是九马画山，这次我近距离端详了好半天，也只找到了六匹马，还是凡夫俗子一个啊。

行走在漓江江畔，两岸奇峰峻岭造型奇特，绵延不绝，大自然的鬼斧神工着实令人叹服。沿途的竹林苍翠欲滴，颀长的枝干低垂下来，犹如一把把天然的遮阳伞。微风轻拂，竹叶婆娑，行走其间，心旷神怡。

漓江九曲迂回，碧波荡漾。举目远眺，但见江面之上，一排排蓝色竹筏连成一线，如一条蓝色蛟龙，时而神龙摆尾，盘旋水面，时而龙腾四海，直插云天，景色蔚为壮观。

正是：

依山傍水蛟龙现，鬼斧神工话奇山，
清风拂面竹叶雨，九马画山识状元。

## 21. 必江生态巧遇莫姐

下午一点多，简单吃过午饭，大伙都坐在大堂前厅喝茶聊天。这时，老板的母亲神秘兮兮地走过来，手里还拿着一个饮料瓶。

"瞧瞧这是什么？"她举起饮料瓶让大家看。

我仔细一看，"好大一只蜈蚣啊。"那密密麻麻的蜈蚣腿、张牙舞爪的大钳子看上去准会让你头皮发麻。由于这只蜈蚣太大，饮料瓶根本容不下，它那硕大的躯干只得蜷缩在一起，还不时地扭动着，愈加显得恐怖至极。

"这么大的蜈蚣足可以入药了，泡在酒里也很好。"小于走了过来，冲大伙说。

"嗯，改天我找个大罐子装上酒把它放进去。"老板母亲笑呵呵地说。

"一会儿有事吗？"小于问我们。

"没事。"我回答。

"那我带你们去个好地方。"小于说，"如果运气好，还能上山去采摘枇杷。"

说走就走，我们一行四人在小于的带领下穿街过巷，不一会儿就在一家门面房前停了下来。我定睛一看，门面房的牌子上写着"必江生态"。

一个四十岁出头的女人从里面走了出来，看到小于很是热情地说："小于，你来了，快进来坐。"

"好的，莫大姐。"小于满脸笑容地说，"这是我的三个朋友，来兴坪玩的，我带他们过来坐坐。"

"欢迎欢迎。"莫大姐边热情地和我们打着招呼，边把我们让了进去。

分宾主落座后，我细细地打量着这间名为"必江生态"的小店。

二十平方米的店面干净整洁，两侧展台上放着各种果酒、果醋、果干。在一侧的墙面上，贴着必江生态的介绍牌。

莫大姐给大家拿来刚刚采摘的枇杷（这批枇杷全部都采光了，我们来晚了），亲手腌制的果干，还给我们沏了一壶浓香的苦菊茶。

大家边吃边喝，听莫大姐介绍必江生态的始末。

必江生态原是一家只做绿色食品的小店，老板就是莫大姐。她亲自挑选原材料加工，浸泡，腌制，晾晒，经她加工处理后的果酒、果醋、果干不仅味道甜美，保质期还延长了。她以自己的名字作为商标，在兴坪古镇开了这家"必江生态"小店，已经有两年多时间。

"现在人们的健康意识越来越强，对食品的安全要求也越来越高，所以我的必江生态小店生意还不错，特别是在旅游旺季时。"莫大姐说。

这个淳朴的乡下女人极具勇气与实干精神，这也许就是山里人的倔强与执着吧！

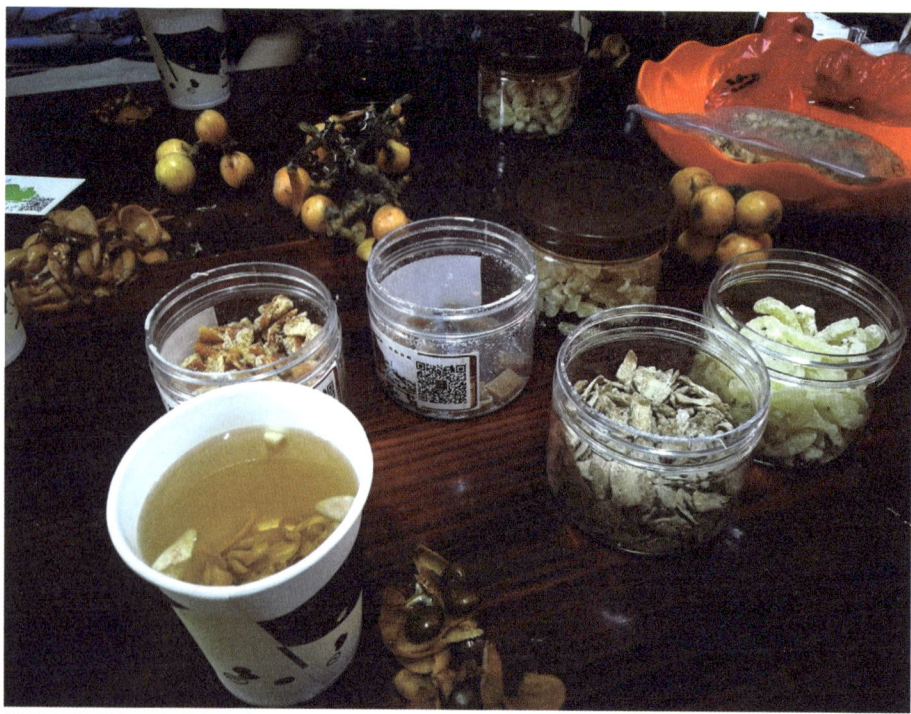

# 22. 大河背村之旅

从必江生态出来后时间尚早，我们决定去漓江对岸的大河背村走一走，听说那里有一株千年古榆，很是雄伟。

别过小于，在兴坪码头乘坐当地的摆渡船渡到河对岸。

一上船，发现眼前全是一张张稚嫩的面孔，原来正好遇到当地小学生放学，一个个幼小的身躯上都背着硕大的书包，不禁感叹，中国特色的"填鸭式教学"在这与世隔绝的世外桃源也不例外。

大河背村是兴坪镇下属的一个小村落，村子不算大，由于交通闭塞，一直保留着原始风貌。古朴的村舍，阡陌的交通，斑驳的木篱笆，满眼皆是的白色小桂花，无不彰显出此地的宁静与安逸。能在这里居住，也是一种幸福。

近几年兴坪发展很快，大河背村也陆续出现了几家新开的客栈，下次来兴坪，可以选择住在这里。

踏着村里的小径，我们漫步在大河背村，不时出现的鸡鸭鹅狗已经让我这个城里长大的孩子见怪不怪了。终于，我们在村尽头找到了那株千年古榆。

这株古榆已有一千六百余年，高耸的枝干直插云天，健硕的躯体足需五六个成年人方能环抱，我在树下显得那样的渺小，这颗千年古榆应该是我见到过的树龄最大的古树了。

看着眼前这株伟岸的千年古榆以及大河背村的原始风貌，心想着下次再来你可一定要保持住现在的样貌啊，不要和阳朔那样"物是人非"了。

## 23. 漓江鸬鹚捕鱼人

从大河背村出来，一行三人，沿着漓江江畔，徒步前行。但见江边竹排之上，鸬鹚众多，不禁心生疑虑，为何鸬鹚如此乖巧，不弃船而去？走近细看，方才发觉每只鸬鹚腿上均系有小绳，捆绑在竹筏上，行动受限。

《诗经》云："关关雎鸠，在河之洲。"雎鸠即鸬鹚，又名鱼鹰、乌鬼、水老鸦、黑头、褐羽、白绒、乌爪。长锥的嘴，弯钩的喙，喉下有囊，趾间全蹼。善飞翔，会潜水，经过驯化后，鸬鹚可为人所用，协助捕鱼。

在旧时，鸬鹚可是渔家身份、地位的象征。每每谈婚论嫁时，更是以鸬

鹚作为彩礼或嫁妆，由此可见，鸬鹚在渔人心中的地位是何等重要。

杜甫诗云："家家养乌鬼，顿顿食黄鱼。"可见早在唐代，鸬鹚捕鱼就已盛行。这种古老而原始的捕鱼方式，至少已流传延续了千年。

随着现代捕鱼技术的发展，现在已经很难再见到传统的鸬鹚捕鱼技法了。听当地渔民说，这些鸬鹚都是用来给游客拍照用的，我们一听，失望至极。

告别江畔竹筏，我们继续向东前行，在绕过一道湾后，但见远处一个渔翁伫立在扁舟之上。他背依青山，脚踏秀水，江枫渔火，孤舟蓑笠，真如同画卷一般。

渔翁面色古铜，银髯飘摆，肩头挑一扁担，两只乌黑鸬鹚左右分立，时而双翅伸展，举目四望，时而敛翅静立，神态安详。

旁边众多游人早已占据有利地形，手持长枪短炮，快门声不绝于耳。

一问才知，原来此渔翁是专业演员，今天是我们运气好，巧遇人家包场，提前出来表演。我们也赶紧拿出手机，随手拍了几张。

晚上回到客栈，查阅了一些鸬鹚的资料，深感鸬鹚命运悲惨。

鸬鹚辛劳一生，终不能饱餐一顿。渔人不肯给予鸬鹚任何回报，即便是在它老去的最后时光，为了不再让其消耗资源，一般会灌酒送它西去，结局甚是凄凉。

## 24. 世外桃源在兴坪

这一天阴雨霏霏，空气潮湿，我独自一人漫步江畔，所见如下：

亘古老寨山，不变漓江水。
山水叠影处，难辨真与伪。
云雾缥缈散，细雨吐芳菲。
男人忙撑船，女人浣溪随。
水车轻作响，疾流难覆回。
毛竹参天盛，古桥玉带配。
兴坪为何处，世外桃源归。

# 25. 翻⼭越岭寻渔村

客栈老板的母亲答应带我们去寻访古渔村，吃完美味正宗的广西螺蛳粉，能量满满的我们踏上旅程。

"广西大山十万座，尤以阳朔兴坪多。"这话一点不假，风景秀丽、山水怡人的兴坪古镇深处群山腹地，交通十分不便，原来都是以水路作为交通枢纽，近几年来才新修了盘山公路。镇子周边的大山是一座挨着一座，多得数也数不清。

我们从兴坪古镇的东北方向径直上了一座大山，昨夜淅淅沥沥的小雨使得山里的石板路格外湿滑，加之繁茂的植被不时阻挡去路，大家都小心翼翼，行进十分缓慢。

"快看这里。"老板母亲指着几朵野花对大家说。

只见在杂草丛生的山野地里，几朵紫色小花格外显眼，紫白相间的花瓣，黄色的花蕊，修长的花身，无不透露出一种超凡脱俗、清新灵动之美。

"好漂亮！"大家赞叹着。

再往前走，石板路被泥泞的山路所取代。由于这里人迹罕至，植被更是肆意地生长，很多道路被完全覆盖了。要不是有熟人带路，我们会完全迷失方向的。

奇特的绿植接连撞进我们的眼帘：树干上冒出的黄色花瓣，枝条上结出

的米黄色小圆果……我被大
山深处的一切牢牢吸引，目不
暇接地观察着周围，不知不觉
中就掉队了，再一抬头，老板
母亲和 Li 姐、Mo 姐早已不见
踪影。

　　这下我慌了，赶紧跑步疾
追。不一会儿，在一片绿海中
发现了一抹红，那正是老板
母亲。

　　早晨，山里湿漉漉的空气
夹杂着泥土和青草的芬芳，闻
起来格外的清爽。行走在山间，
我们每一个人都是心情舒畅。
老板母亲是地道的乡下人，性
情豪爽，情绪所致自然要喊上几嗓。

　　"呜……"她洪亮的声音响彻整个山谷。

　　"你要是学唱歌，绝对是底气十足的好歌手。"Li 姐赞许道。

　　"我只是瞎喊而已。"老板母亲害羞地红了脸，谦虚道。

　　在这欢快的气氛中，大伙儿忘记了疲惫，不知不觉中就翻过了几座山，
越过了数道岭。

　　这时，一片枇杷林映入眼帘，绿油油的枝叶几乎能渗出水来，金黄色的
枇杷挂满枝头，沉甸甸的。旁边还有蜜柚树等其他果树。

　　一个破败的小木屋隐匿于山野深处，一个五六岁的孩子站在门口，惊恐
地望向我们，看样子我们把他吓到了。老板母亲笑呵呵地向着那个孩子挥挥
手，我们也学着她的样子，友好地和这个小朋友打招呼。

　　告别山里人家，我们又翻过一座大山，终于重见久违的漓江水，离古渔
村不远了。

## 26. 兴坪古渔村

历尽万难,终于来到古渔村。这是一个典型的华夏岭南文化古村,距今已有近五百年历史。

渔村历代名人雅士造访不绝。清光绪年间,康有为到桂林开展改良运动,亲临渔村传播维新变法思想;民国初年,孙中山与胡汉民等人造访,与当地贤达畅谈交流北伐大计,并登上渔村建于清咸丰年间的古寨——天水寨;1998年7月2日,美国总统克林顿率访华代表团一行考察了渔村的古老文化和生态环境保护情况。

走在饱经沧桑的石板路上,看着眼前锈迹斑驳、凋敝破败的青石瓦房,遥想当年人丁兴旺的古渔村胜景,不禁感慨万物变迁,世事难料。

人生不亦如此吗?有得意,有失意,有顺境,有逆境,悲喜交织,苦乐参半。人生无常,珍惜眼前,活在当下吧。

## 27."偷渡"螺蛳山

离开古渔村，在客栈老板母亲的带领下，我们来到漓江边。

现在有两条路可供选择：其一是原路返回，翻山越岭回到兴坪；其二是渡过漓江，从河对岸绕回兴坪（这也是通往大面山的必经之路）。我们都不想走回头路，所以一致要求渡江前行。

可摆在眼前的问题是，水警已经全面封锁航道，除了旅行社的大船外，其余小船一律不准通行。所以在漓江江面上几乎见不到私家竹筏，想要摆渡过江，谈何容易。

老板母亲急得不得了，让我们在江边等候，自己去上游寻船。有她在，我们心里自然有底，索性在江边小憩。岸边五颜六色的鹅卵石随处可见，随手捡了几颗，放在手里把玩……

足足在江边等候了一个多钟头，才见老板母亲坐着一艘小竹筏从远处疾驰而来，还不停地冲我们招手。我们心领神会，小竹筏刚一靠岸，就窜了上去，但见竹筏马不停蹄，径直向江对岸驶去。

正是：

漓江水清又清，彩石滩，伴我行，螺蛳山脚遇险阻，何人载我去西行。

小小竹筏轻又轻，踏波分水载我行，螺蛳山映漓江水，风景如画真性情。

## 28. 勇闯大面山

　　顺利地渡过漓江，我们继续西行半个多小时，来到一个岔路口。

　　客栈老板母亲停住脚步，指着左边岔路对我们说，这条路是通往大面山的；指着右边的一条路说，这是回兴坪的。然后她看了看时间，已经是中午一点半了，就笑着说："我得回客栈帮忙了，一会儿有新客人要来。"

　　我们很是遗憾，商量着下一步该何去何从。

　　来兴坪之前就听说这儿有三座山闻名遐迩：老寨山、相公山和大面山。当地流传着"老寨山（或相公山）顶赏日落，大面山顶观日出"的说法。这次来兴坪有幸攀登了老寨山，一饱日落美景，也算没白来。

　　现在走在了岔路口，到底要不要攀登大面山，我们三个人意见不一。Mo姐要回兴坪，我和 Li 姐不甘心，决定尝试快去快回，征服大面山。

　　问清详细路线后，我和 Li 姐即刻启程。雾气缭绕，细雨绵绵，行走在大山深处，衣服早已被湿漉漉的植被打湿。随着海拔的不断升高，盘山小道

变得险峻异常，时而直上直下，铁梯修筑；时而蜿蜒盘旋，仅能容一人通行。我和 Li 姐是爬山老手，又都不恐高，尚应付得来。

我这些年来，大山小山爬了无数，经验丰富，体力又好；Li 姐也不容小觑，她是在山里长大的苗族姑娘，行走山路，如履平地，爬起山来，只在我之上，不在我之下。

时间就在这艰辛的登山旅途中一分一秒地流逝，汗水和雨水早已交织在一起，打湿了面颊，浸湿了衣裳。

忽然，Li 姐指着路边的杂草丛对我说："快看，这就是野草莓，可以吃的。"

在她手指的方向，一株碧绿的植物在细雨中轻轻摇曳，枝头上一颗颗红色的果实圆润饱满、晶莹剔透，宛若一盏盏夜幕下的小红灯，十分漂亮。

我摘下一颗，放在嘴里，"酸甜可口，好吃极了。"

我俩边走边摘，不一会儿就摘了一大把。通往大面山的盘山小道迂回曲折，难见尽头。我看了看表，已经两点半了，如果十五分钟之内再不登顶，我们只得放弃。

我和 Li 姐说，我前面先探路，你随后跟上。说罢，就加快步伐，急速而上。最后的石阶攀爬起来异常艰难，待筋疲力尽地攀到山顶后，大失所望。

原来在山顶上竟然什么都看不到，只有几颗光秃秃的大石头和几株野树，何谈美景！我不甘心，继续沿着石缝向前峰攀爬，可景色依旧。

正当我绝望之时，后面的 Li 姐兴奋地大声疾呼："好美啊！"

我奇怪地回头望向她，只闻声，不见人，原来我只顾向前，已经把她落下有十多米远了。我三部并做两步，寻声来到 Li 姐身边。

"哪有美景啊？"我问。

"你往旁边看。"Li 姐指着侧方。

我驻足侧目，定睛望去，刚才还是白茫茫一片的突兀山峰，此刻竟然脱胎换骨一般。在山峦的背后，漓江宛若一条长龙突现出来，它盘旋而立，呈椭圆形，龙首在左，龙尾于右，两团白色雾气，浮于龙头两侧，犹如蛟龙双角，神形兼备令人称奇。

江面之上，船只穿梭，此起彼伏，远远望去，好似青龙之玉麟，闪闪放光，夺人耳目。

远处峰峦叠嶂，云雾缭绕。座座青峰，时而隐匿云雾间，难寻踪迹，时而兀立乍现，沧海桑田。

我和 Li 姐都被眼前的奇景惊呆了，半晌才缓过神来。

正是：

翻山越岭访古刹，
涉险偷渡漓江滩。
青砖黑瓦渔村筑，
奇景惊现大面山。

## 29. 再会,兴坪(完结篇)

下午三点半,我们回到水相依客栈。客栈老板母亲特地为我们煮了热乎乎的水饺。酒足饭饱后,我们整理行装,准备返回桂林(兴坪有直达桂林的动车,车程一小时,十分方便)。

望着眼前这个古朴而典雅的水相依客栈以及热情的老板母子,兴坪这三天的点点滴滴不禁浮现眼前:兴坪古镇、老寨山、大河背村、漓江竹筏、九马画山、古渔村、大面山、渔翁鸬鹚、千年古榆、必江生态……

这段难忘的时光我会终生铭记。

兴坪,我会再来的,等着我;水相依客栈,等着我!

第四篇

淳朴的瑶寨壮寨，

壮美的龙脊梯田

# 龙脊梯田详细路线图

（1）金坑瑶寨梯田景点及路线

（2）平安壮寨梯田景点及路线

# 龙脊梯田行程攻略

（4 月 26 日至 4 月 28 日）

8：30 从桂林谭琴汽车站出发去龙脊梯田，11：00 到达景区

### Day 1　4 月 26 日

　　行程：从龙脊梯田景区大门打车至金坑瑶寨（50 分钟），在大寨瑶吃午饭，徒步登顶金佛顶观景台（1 小时 30 分），徒步至金坑瑶寨制高点全景楼大酒店（2 小时），入住全景楼。

　　景点：大瑶寨（12：30-14：00），金佛顶观景台（14：00-15：30），登顶全景楼（15：30-17：30）

　　入住：龙脊梯田全景楼大酒店

　　地址：龙脊梯田金坑大寨瑶族观景区西山韶月观景 1 号观景点

**Day 2　4月27日**

行程：上午徒步下山，途经西山韶月观景点、七星追月观景点、千层天梯观景点、大窑寨风雨桥，到达金坑瑶寨景区大门。坐景区公交车至二龙桥（40分钟），打车从二龙桥至平安壮寨（30分钟），在壮寨内的平安山庄安顿好住处，下午游览九龙五虎、七星伴月梯田，晚上回平安山庄。

景点：西山韶月观景点（8：30-9：30），七星追月观景点（9：30-10：30），千层天梯观景点（10：30-11：00），大窑寨风雨桥（11：00-11：30），二龙桥（11：30-12：00），平安壮寨（12：00-14：00），九龙五虎（14：00-15：30），七星伴月（15：30-17：00）

入住：龙脊梯田平安山庄

地址：龙脊梯田平安壮寨景区内

**Day 3　4月28日**

行程：清晨在九龙五虎梯田观日出，下山至平安壮寨景区大门（40分钟），打车至红瑶长发村（20分钟），游览红瑶长发村并观看歌舞表演（2小时），坐车返回龙脊梯田景区大门（20分钟）。

景点：九龙五虎梯田观日出（6：00-7：30），平安壮寨（7：30-8：30），红瑶长发村（9：30-11：30）

回程：中午在龙脊梯田景区门口坐班车去平和县（半小时），在平和县坐班车回桂林（2小时）

# 1. 顺利而又惊险的旅程

　　早晨，淅淅沥沥的小雨，洗刷着桂林这座小城，湿漉漉的空气中弥漫着四季桂那淡淡的清香。草草吃罢早饭，打了一辆摩的，来到谭琴汽车站。桂林开往龙胜的班车很多，半小时一趟（三十六元）。由于不是周末，车上总共也没几个人，我就坐在了第一排，有一句没一句地和司机闲聊。司机是一个五十多岁的汉子，黝黑的面庞，透露出一脸的憨厚。

　　"师傅，我想去龙脊梯田，得多久才能到啊？"我问道。

　　"你坐错车了，这趟车是去龙胜县的，不在龙脊梯田景区停车。"他回答道。

　　虽然他那夹杂着浓郁桂林口音的普通话让我听起来十分吃力，但我还是听懂了，心里一下就慌了。

　　"那到了龙胜县有班车去龙脊梯田吗？"我着急地问道。

　　"有，车也很多，十多公里远吧。我倒是可以把你放在离龙脊梯田最近的岔路口，这样你就不用再到龙胜县坐车，直接步行走一两公里就到景区门口。"

司机大哥说。

"太好了，谢谢师傅！"我暗自松了一口气。

或许是这几天玩得太累，坐在车上的我昏昏沉沉地睡着了。不知过了多久，我被一阵急促的刹车声惊醒，睁眼一看，车停在了一个丁字路口。

司机师傅对我说："你赶紧下车吧，顺着前面的岔路，再往前走一公里就是龙脊梯田景区。"

"好的，谢谢师傅。"我背上背包，冲下了大巴车。

四月下旬实属旅游淡季，龙脊梯田景区没有多少游客。空旷的停车场里零星地停放着几辆大巴车。

九十五块钱的景区门票还不算贵，包含金坑红瑶梯田和平安壮寨梯田两个景点。

由于出行前做足了攻略，住处也都预定好了（第一天住在金坑瑶寨，第二天住在平安壮寨），所以按既定行程先去金坑梯田。

这两个梯田都地处深山，到了这里仍需要再坐近一个小时的景区专车才能到达。通往这两个梯田的专车较少，一个小时一班。

在停车场百无聊赖的我正拿着景区介绍画册看时，一个皮肤黝黑的小伙冲我走来，说："坐车去寨子吗？"

"是啊，金坑梯田。"我回答。

"那你上车吧，二十块钱，和我去岔路口接五个客人，立刻就出发。"他指着一辆白色的面包车对我说。

我盘算着，与其浪费时间在这里等，不如早点上去，还能坐在副驾，也不错。打定了主意，拎着行李就上了车。

小伙子很快就在岔路口接到事先约好的那几个人。一轰油门，车子沿着崎岖的山路进山了。

龙脊梯田的盘山路名不虚传，左拐右绕的山路何止十八弯，时不时出现的超直角大转弯，让车里惊呼声一片。我开车就够猛的，和这个小伙一比，简直就是小儿科。四十分钟的惊险旅程后，安全抵达金坑瑶寨。

## 2. 深山中的瑶寨

　　我背上行囊，向寨中走去。之前我对瑶族一无所知，真没想到这次会先到龙脊瑶寨。

　　走进寨子的第一印象就是这满眼的吊脚楼。淡黄色的三层木楼（一层养家畜、放柴火，二三层住人），很多已经年代久远，一栋栋伫立在山脚下，密密麻麻地汇聚成一座村寨。

　　雨水拍打在屋顶细密的黑色瓦砾上，发出滴滴答答的声响，仿佛一段古乐，弹奏着历史，倾诉着沧桑。

　　旁边的田埂里，一个瑶族妇人手挥镰刀，拾弄着庄稼，黑色的头巾、鲜红色的腰带在满眼绿色的田野里格外显眼。远处的梯田散落在起伏的山间，一层层，一片片，如同树木的年轮，又似水中的涟漪。青山一眼望不到边际，在这与世隔绝的深山瑶寨里，人们依旧过着朴素的生活。

## 3. 瑶寨美食的诱惑

在金坑瑶寨游览半天，我就近找了一家瑶族饭馆，点了当地特色竹筒饭和素炒干笋。

老板把事先准备好的装满大米、腊肉丁、蘑菇丁的竹筒放在炉架上，上端用香蕉叶封口。竹筒在旺火的炙烤下发出噼里啪啦的声响，片刻光景，翠绿色的竹筒就被烧得黢黑。

在旺火上连续烤了二十分钟后，老板用铁夹熟练地取下竹筒，再用镰刀将其一劈为二，端上餐桌。

"好吃。"我不禁发出赞叹。腊肉的咸香伴以大米的软润，嚼在嘴里，别提多好吃了。素炒干笋也很不错，笋片脆嫩爽口，清新美味。不一会儿，竹筒饭和笋片就被我吃光了。

## 4. 改道金佛顶

在瑶寨里品尝了地道的竹筒饭和干笋后，体力又恢复了。我静静地坐在窗前，喝着茶水，计划下午的行程。

窗外满眼的郁郁葱葱，其间零星的隐匿着几处茅舍，那正是瑶家的吊脚楼。土黄色的竹楼犹如一颗颗明珠，镶嵌在这壮美无比的金坑梯田之上，千百年来，不曾改变。

"下午要去哪儿啊？"饭馆老板的问话打断了我的沉思。

"还没想好！"我笑着回答，"不过今晚我得去全景楼住，因为我已经订好那里的房间了。"

"全景楼啊！那里可是金坑梯田的制高点，一号二号观景台都在那里，你

要爬上去怎么也得两个小时吧。"

"那么远啊？"我无奈地问。

"是啊，既然你晚上住在那里，下午可以先去三号观景台金佛顶转转，正好和全景楼是两个方向，从这里过去也就一个小时路程，这样你明天就不用再走回头路专门去金佛顶了。"

老板的建议很合理，这样我能把金坑梯田的三个观景平台全部走一遍。

"我能把行李暂时放在你这里吗？一会儿爬完金佛顶，我再回来取。"我和老板商量道。

"没问题。"老板爽快地回答。

说走就走，背起随身小包，拿着水壶，我又踏上了征程。

路上的石板路依山势而建，纵横交错，险峻异常。漫山遍野的梯田宏伟壮阔，身处其中，你会觉得自己是如此的渺小与微不足道。不禁对古代劳动人民的勤劳与智慧赞叹不已。

此时，天空飘起了毛毛细雨，一层薄雾弥漫山间，还好我有所准备，带了雨衣，不然回去准成落汤鸡了。

特别说一句，金坑梯田三号观景台金佛顶有缆车可以直达，我是一个人徒步爬上去的，从瑶寨小山村上去需要一个小时。

# 5. 最美的风景在路上

返回到瑶寨饭店时已经是下午三点，稍作休整后，便背起行囊，向着今天的落脚点全景楼出发了。

接下来这段路程的艰辛、漫长远远超出了我的预想，负重十公斤，近二十里的山路，加之细雨绵绵、道路湿滑，我足足走了三个多小时。当拖着疲惫的身躯迈进全景楼的那一刻，我如释重负。

但这段旅程却又是精彩的，路上的我并不孤单，一路有美景相伴：漫山遍野的野花，独自盛开；层层叠叠梯田，伸展开来；隐匿山中的瑶舍，宛如雨后的春笋……

最美的风景，不是山顶的无限风光，而是路上邂逅的鸟语花香，这段旅程我终生难忘。

最美的风景在路上

## 6. 雨夜全景楼

到了酒店后，我一头栽倒在床上，很久才醒过来，这才发现自己还穿着湿漉漉的衣服，鞋子也没脱。赶紧把湿衣服换下，鞋子晾在一旁，这才细细打量房间：

这是一间木质结构的标间，宽敞的屋里摆着两张木质大床，绿色墙面，土黄屋顶，家具简洁，显得古朴洁净。

窗外的细雨淅淅沥沥依旧下个不停，周围的山峦笼罩在一片白茫茫的云雾中，时隐时现。忽然，一阵清风吹过，只觉得眼前豁然开朗：青山滴翠，绿树成荫，梯田壮美，瑶寨婀娜，如同仙境一般。

晚上七点多，天色渐暗，我强打起精神，来到全景楼的餐厅。

由于是淡季，偌大的餐厅内竟然没几个食客，只有五六个服务员围在一旁，聊天打发着时间。

想着爬了一下午山，晚上应该好好吃一顿，就点了瑶族特色的竹筒鸡，价格不菲（八十八元），但味道一般。如中午认识的瑶寨饭店老板所言，这里不是原汁原味的瑶族客栈，是外地人来此承包的。

"怪不得这竹筒鸡和中午吃过的竹筒饭有如此天壤之别。"吃一堑长一智，以后吸取教训就是。

阴雨湿冷的天气让室内室外一样寒冷，好在床上有电热毯，希望明天会是好天气。

— 雨　夜　全　景　楼 —

## 7. 抱憾全景楼，邂逅映山红

　　整晚的冷雨打湿了大山里的花花草草，也浇灭了游人早起看日出的心愿。望了一眼窗外的绵绵细雨，我心情沮丧，蒙头继续睡觉。

　　再次醒来后，天已大亮。还算天公作美，雨基本停了。

　　今天晚上，我要赶到龙脊梯田的另一处平安壮寨入住，任重而道远。上午九点多，离开金坑梯田的最高点全景楼，开始下山。

　　也许是下了整夜雨的缘故，山里的空气格外清新，一路上满眼绿色。道路两旁时不时地出现一抹红——映山红娇艳欲滴地迎风摇摆，独自绽放。它耐得住寂寞，守得住芬芳，为途经此处的游人露出笑脸，送去花香。

　　真喜欢这大山深处静静盛开的映山红。

## 8. 漫漫下山路，深深瑶寨情

下山的路上，风景秀丽，途经大大小小的瑶寨足有七八处，古朴厚重的乡土风情不时地映入眸中：饱经风雨的吊脚楼，一捆捆摆放整齐的柴火，道出这是一户山里人家。

似曾相识的阿黄慵懒地趴在门前，打着瞌睡。朴实的瑶族老大妈安详地售卖着鸡蛋、粽子。

梯田间的石板路坎坷曲折，望不到边际，如同一条丝带，飘荡在山谷。

大山里的人们，就这样日复一日，年复一年，过着与世隔绝、平淡质朴的生活。这，也未尝不是一种幸运。

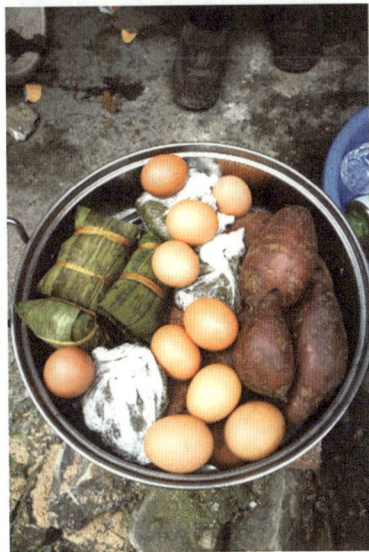

# 9. 中转二龙桥

中午十二点左右，我到达了金坑瑶寨梯田停车场，在附近小摊上随便吃了一碗桂林米粉后，坐上景区内的公交车。由于要前往另一个梯田——平安壮寨梯田，所以我只需要在途中的二龙桥下车，再换乘前往平安梯田的景区公交车，无须再返回龙脊景区，这样可以节省很多时间。

黄色的景区公交车一个小时一班，车票十块钱，司机把我放在路口——二龙桥，就开车下山了。

又等了许久，迟迟不见上山前往平安梯田的公交车，我有点泄气了。正在这时，一辆黑色的伊兰特停靠在路边。

一个小伙探出头来，问道："去哪儿？"

"平安梯田。"我回答。

"十五块钱，行就上车。"

"好的。"我实在不想等了，多花五块钱也值。

上了小伙的车，一阵风似的到了平安壮寨梯田门口。

一 中 转 二 龙 桥 一

## 10. 九龙五虎，七星伴月

金坑瑶寨梯田共有三个观景台，一号二号观景台在山顶，位于全景楼客栈附近，三号观景台（金佛顶）位于大寨的东边，走完这三个观景台至少也得花五六个小时，所以最好在山上住一宿，这样相对轻松。

比较而言，平安壮寨梯田要小很多，景区内只有九龙五虎和七星伴月两处观景台，如果是一日游，最好选择平安梯田。

我把行李放在了之前订好的平安山庄客栈，就沿着山间小路出发了。

平安梯田在四月中下旬就已经灌水了，沿途层层的梯田里蓄满水，亮晶晶、水盈盈的，给梯田增加了些许灵动，景色比金坑梯田没蓄水时好看许多。如果是早晚时分，景色应该会更美。一下午我就把九龙五虎和七星伴月两个最佳观测点都走完了。

— 九 龙 五 虎 ， 七 星 伴 月 —

## 11. 壮寨的时光

　　我住的平安山庄客栈位于壮寨腹地，古朴的木质吊脚楼依着山势，一栋挨着一栋，密密麻麻，杂乱无章。高低起伏的石板路穿插其间，连接着家家户户。

　　这里坡度陡峭，山路难行，日常物品的运输全靠马驮，所以千百年来，马帮不但没有灭绝，反而兴盛不已。

　　穿梭在壮寨的古径上，迎面而来的马帮会让你慢慢习以为常，那"踢踏"的马蹄声，清脆悦耳，回荡山谷。

　　背着竹筐的壮族妇人，皮肤黝黑，朴实憨厚。

　　夜幕降临，灯火阑珊，壮寨里的男女老少吃完晚饭也都三三两两地出来遛弯，周围热闹起来。小孩子永远都是最快乐的，他们嬉笑着，打闹着，有那么一刹那，仿佛自己也回到了童年时光。

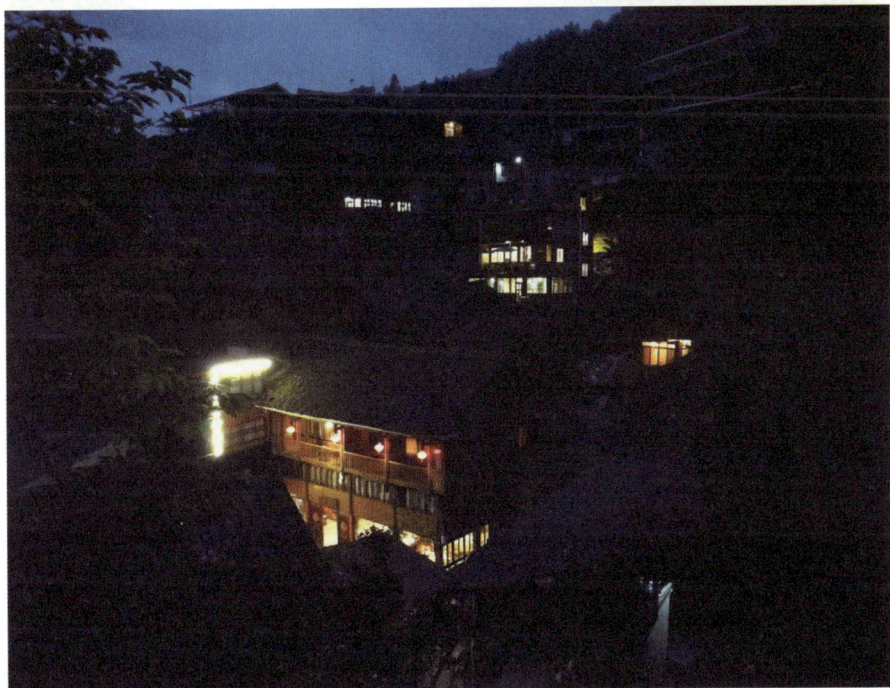

## 12. 壮寨的喜事

晚上七点,客栈老板要去隔壁邻居家吃请,会很晚才回来。他放心地走了,偌大的客栈里只剩我一人。看着敞开的大门,我也是醉了。山里的人,朴实本分,路不拾遗,夜不闭户在这里盛行至今。

一个人无聊得很,在客栈里实在待不住,我也来到隔壁人家看热闹。只见男人女人们忙前忙后,好不热闹。

厨房的悬梁上挂着整只的牛腿,几个汉子正拿刀剔着牛肉,大锅里水花翻滚,刚被剔下来的鲜红的肉块径直被倒入锅中,在干柴烈火的烤制下,发生着蜕变。牛肉的香气伴随着升腾的雾气飘散开来。好香啊,我情不自禁地咽了下口水。

前厅灯火通明,摆了五六张桌子,人头攒动。男人们个个喜笑颜开地围坐在桌前,大口喝酒,大口吃肉,说着,笑着。

侧房里,灯光昏暗,七八个女人围着炭火席地而坐,火上架着一个小烤架,上面烤着肉,发出"滋拉滋拉"的声响。我猜想这应该是本家以里前来帮忙的女人。这壮族应该是男女有别的,女人不允许上台面,所以在这偏房里吃喝。

后来听客栈老板说,是这家的孩子过百天,按照壮族习俗,会把周围的乡里都请过来喝酒吃肉。第二天晚上才是正日子,到时整个壮寨的男女老少都会前来,估计得五六十桌。可惜明天我就下山了,不过今天简单地感受了一把壮族的喜事,也算不虚此行。

一　一　个　人　的　旅　程　一

# 13. 日出平安梯田

　　第二天一大早，我沿着昨天走过的小径，来到平安梯田的九龙五虎观景台看日出。

　　清晨的壮寨格外安静，层层梯田在朝霞的映衬下泛着银光。一个身着黑衣的老人背着竹筐，穿梭在这浩瀚的田垄间，形如大海中的一粒尘埃，渺小而微不足道。

　　远处的大山雄浑挺拔、身姿伟岸，如同静静地守护着人间的天神。

　　东方渐渐露出了鱼肚白，接着，漫天彩云犹如一道道幕布，径直笼罩在群山之上。连绵起伏的群山在这彩云的衬托下，轮廓逐渐清晰起来。当太阳从云层后方跃出的那一刻，大地被唤醒了。

　　伴随着清脆悦耳的鸟鸣声，壮寨又迎来崭新的一天。

## 14. 告别平安壮寨

上午九点，回到客栈，在隔壁的桂林米粉店又吃了一碗米粉后，匆匆收拾行囊，退房下山。

这两天平安壮寨的风土人情、梯田美景令我印象深刻：破败不堪的风雨桥、古色古香的木质吊脚楼、饱满剔透的腊肉石，还有朴实的壮民、传统的马帮……

一幕幕闪现在我脑海中，久久难以忘怀。

## 15. 黄洛瑶寨的红瑶长发村（完结篇）

下到平安壮寨梯田的门口，打了一辆黑车，本打算到和平镇去坐班车回桂林，但路过黄洛瑶寨时听到寨子里歌舞声不绝于耳，临时改变主意，让司机拉我到寨门口。

下车一问才知道，原来这里有红瑶的长发表演，一个小时一场。

瑶族中的分支——红瑶，如今还沿袭着女系氏族社会的家庭习俗，女人当家做主，男人外出打柴狩猎。在她们的文化里，长发象征着长命富贵，所以村里的女人们都留有乌黑亮丽的长发。黄洛红瑶女除了在出生时剃胎毛，一生只在成年礼那天剪一次头发。

凡是生了小孩后的妇女都会有三束头发，第一束是自己头上现有的，另一束是成年礼这天剪下来的，还有一束是平时掉落积攒起来的头发。这三束头发，每天都要在头上盘好。

居住着清一色红瑶人的黄洛瑶寨因此被评为"天下第一长发村"，也创造了一项吉尼斯世界纪录。

原价八十的门票，让当地人代购六十一张。我让司机帮我买了一张打折票，离下一场开场还有一段时间，就一个人沿着寨子四处走走。

黄洛瑶寨背依大山，面朝溪水，地理位置绝佳，用山清水秀来形容一点不为过。寨子门前的木质浮桥也算是一关考验，倘若有人晃动，则摇摆剧烈，加之脚下湍急的溪水，会令不少人心惊胆寒。

山间高低起伏的青石板路是红瑶人每天的必经之路，一白一黄两只小土狗霸在路中间，懵懂可爱，好玩极了。

回到表演场地早早进了场，选了第一排的有利地形。不一会儿，排成一排的红瑶妹从二楼走了下来，她们身着红色的传统服饰，黑色的过膝裙，一头头乌黑亮丽的秀发格外显眼。

几组传统歌舞表演后（包括哭嫁歌、长鼓舞、晒衣舞等），后排的两扇木门一下子被打开了，随着缭绕的雾气，十多个红瑶妹出现在青山碧水间。她们熟练地将各自头上盘着的秀发全部打开，霎时间，一簇簇乌黑靓丽的秀发被完全展现出来，每个都有一米多长。游客们无不为之震撼，掌声四起。红瑶妹们手拿梳子，开始梳理各自的秀发。此时，音乐声响起，一个红瑶姑娘手持话筒，出现在舞台中央。

"一丝长发照耀两岸，夫妻恩爱情意长啊……"一首极具韵味的瑶族小调传入众人耳中。

这就是压轴的红瑶长发舞和《女儿歌》，观众们都沉浸其中，忘记了鼓掌。

怀着难以平复的心情，搭上了平和县到桂林的返程大巴。这次龙脊梯田的三天旅程就在红瑶女梳理秀发的画面中画上了圆满的句号。

—— 一 个 人 的 旅 程 ——